Jörg Sander

AUS
DER
TRAUM

Bibliografische Information der Deutschen Nationalbibliothek:
Die Deutsche Nationalbibliothek verzeichnet diese Publikation
in der Deutschen Nationalbibliografie; detaillierte bibliografische
Daten sind im Internet über http://dnb.dnb.de abrufbar

© 2016 Jörg Sander
Herstellung und Verlag
BoD - Books on Demand, Norderstedt

ISBN: 978-3-7392-4457-0

Für die, die mich damals gerettet haben

1

Die russischen Bauarbeiter hielten sich einen Vorrat an Dosenbier in unserer Küche. Ich hatte gerade den Hörer aufgelegt und überlegte, ob die Büchsen abgezählt sein mochten. In kritischen Situationen – genau um so eine handelte es sich – sind Abstriche erlaubt, auch in Eigentumsfragen. Ich griff mir einen halben Liter. Berliner Bier, trinken sonst allenfalls Berliner, wenn überhaupt. Oder die ganz Verzweifelten. Ein Berliner zu sein, wollte ich mich nach kaum drei Jahren jedenfalls noch nicht brüsten.

Ich war gerade so gut wie verlassen worden. Via Telefon. *Mach´ dir keine Hoffnungen mehr.* —— Vielleicht sollte ich jetzt in unsere Ausweichwohnung gehen, Hausflur gegenüber (unsere eigentliche Wohnung hatte Wasserschaden) und ihre zwei alten Kater aufschlitzen.

In unserer damaligen Küche, die, in der ich mich

gerade aufhielt, und wo noch unser Telefonanschluss war (Telefon nahm ich immer mit hinüber, damit wenigstens niemand nur zugreifen mußte, um sich auf unsere Kosten nach dem Wetter in Südwestsibirien zu erkundigen), baumelte jetzt nur noch eine nackte Glühbirne über mir in ihrer Fassung. Der Putz war überall auf einen Meter Höhe abgeschlagen. Auf unserem schönen, schwarz-weiß gewürfelten Kunststoffboden, den ich selbst noch verlegt hatte, sammelten sich die Mörtelbrocken und Staubverwehungen. Die alte, braune, mit Holzimitat-Folie beklebte Spüle stand noch an ihrem Platz. Das exakt richtige Ambiente, um über neue Herausforderungen nachzudenken. Das Leben danach. *Jetzt fängt etwas Neues an. Trennungen sind immer auch eine Chance.* Besonders wenn alles andere auch gerade am Nullpunkt ist.

Ich genoss noch ein wenig das Dämmerlicht und starrte aufs Telefon, so als würde sie gleich aus Amsterdam anrufen und mir sagen: blinder Alarm, Schatz, war nur meine prä-menstruelle Phase, die kennst du doch, da bin ich unausstehlich.

2

Es war nicht selbstverständlich, Christiane liebenswert zu finden. Außer man findet beispielsweise kleine dicke Kampffische liebenswert. Ich weiß natürlich, dass es Leute gibt, die gerade diese Kombination mögen. Und ich weiß auch, dass ich irgendwie zu ihnen gehöre.

Ihr Vater war ein kleiner, runder Mann, der den größten Teil seines Lebens damit verbracht hatte, Metall- und Kunststoffteile zu fertigen Automobilen zusammenzusetzen. Die fertigen Automobile wurden ihm und seinen Kollegen stets weggenommen, und sie erhielten als Entschädigung Geld. Davon konnte Alfred sich die Schulden für eine Eigentumswohnung leisten, ohne gleich zu verhungern. In dieser Eigentumswohnung bekam Christiane ihr kleines Zimmer. Den Rest der Wohnung verschönerte Gerda, Christianes gemütlich ausschauende Mutti, mit immer größeren Mengen an Ziergegenständen. Alle Flächen und Möbel waren bald von einer Figurenarmee aus Porzellan und Keramik eingenommen. Den Wohnungsflur bewachten zwei hüfthohe Leoparden. Christianes Zimmer ähnelte einer belagerten Stadt in einem ansonsten verlorenen Reich.

Wie ich ihn später kennengelernt hatte, bestand der Hauptbeitrag des Vaters zur familiären Kommunikation aus einem abfälligen Brummen, das ihm – wie praktisch – zu so gut wie jedem Thema passend erschien. Seine Frau hatte dieses Brummen längst als redundanten Anteil im leisen Rauschen ihrer gut automatisierten Einbauküche liebgewonnen. Da außerdem kleine runde Männer mit Vorliebe einen sportlichen Wagen fahren, blieb von den monatlichen Entschädigungszahlungen nach Abzug der Wohnungshypothek nicht mehr viel für Christianes Bedürfnisse übrig. Unvermeidlich geriet sie ihren Freundinnen gegenüber in einen Nachtrab, was Schönheitspflege und Outfitgestaltung anging. Außerdem war es ihr unmöglich, ihre Freundinnen ohne einen Anflug von Scham durch den leopardenbewehrten Flur in ihr Zimmer zu führen, immer in der Furcht, ihr Vater werde sich aus dem leisen Brummen von Spülmaschine und Kühlschrank scheiden und aus der Küche in den Flur treten. Lange konnte sie die miserablen Umstände so nicht mehr auf sich beruhen lassen. Sie hatte die Wahl, entweder innerlich oder äußerlich zu verkümmern. Und hier setzte ihr Kämpferherz zu schlagen ein. Sie besorgte sich auf dem Weihnachtsmarkt eine Arbeit und half wochenlang in einer der Fischbuden. Zum Fest beschenkte sie sich dafür selbst mit einer lachsfarbenen Lederjacke, die zwar ihre Freundinnen beeindruckte, sich bald aber als stilistisch überholt erwies. Denn ihr neues Selbst entwickelte sich rasant weiter. Immerhin hatte sie sich direkt nach dem Abitur für Kunstgeschichte als Studienfach entschieden und war entschlossen, genau so - und zwar ab sofort - auch aufzutreten. Nebenbei musste sie allerdings für ein großes Transportunternehmen Rechnungsformulare am PC ausfüllen. Schließlich trat der Umschlag von Quantität in Qualität ein: Sie ließ das dunkelblonde Haar wachsen, besorgte sich teure Haftschalen, um von den diversen, aber allesamt doch eher entstellenden Brillen loszukommen, und trug fortan mit Vorliebe lange schwarze Kleider oder elegante Hosenanzüge (worunter sie zur Steigerung des Körpergefühls gerne Nylonstrümpfe samt Strapsen und schwarzer Unterwäsche anlegte). Zur Krönung entschied sie sich für eine neue Handschrift, die in kugeligen, kryptisch gemalten Buchstaben auch brieflich ihren Aufbruch zu dokumentieren erlaubte.

Nach dem Grundstudium endlich reichte das

Gesparte dafür, sich dem Belagerungszustand daheim zu entziehen. Sie zog weg.

Weit.

Berlin.

3

Da ich einigermaßen pleite war, hatte der elende Zustand, in dem ich mich befand, auch eine gute Seite: Das Trennungsleid schlug mir dermaßen auf den Magen, dass ich kaum noch Geld für Nahrungsmittel brauchte. Eine Scheibe Graubrot morgens, daneben eine sogenannte Kiwi - als konzentrierter Ausdruck meines Überlebenswillens auch ohne Christiane - und eine Tasse Kaffee reichten für den ganzen Tag.

Die Kiwi halbierte ich stets mit einem Anflug von Ironie, war doch der äußere Anlass für unser etwas unvermitteltes Beziehungsende ein älterer Neuseeländer. Sprachkursbekanntschaft. Telefonisch hatte sie mich bereits informiert, der Kerl sei sehr nett und - nebenbei - vermögend.

Mach´ dir keine Hoffnungen mehr.

Die Ausweichwohnung, in der ich vor meinem Graubrot und dem Sechserpack Kiwis saß, war kalt und ungemütlich, die Tapeten zerfetzt, die Böden entweder kahl oder nur behelfsmäßig mit Teppichstücken bedeckt. Zu mehr hatte ich es nach zwei Jahren mit ihr in Berlin nicht gebracht. Fast konnte ich sie verstehen.

Immerhin, billig war so eine Ausweichwohnung schon. Ich beschloss trotzdem, mir wieder eine Arbeit zu suchen. Für alle Fälle. Bessere Zeiten waren zwar unwahrscheinlich, aber nicht ganz auszuschließen.

Ich hatte vor etwa drei Jahren, also vor einer Ewigkeit, ein Germanistik-Studium abgeschlossen. Als passionierter Realist, zumindest was meine eigenen Lebenserwartungen angeht, eröffnete ich meine Tageszeitungslektüre mit der Rubrik Reinigungskräfte. Praktischer Weise fand sich ein Vorstellungstermin für aufstrebende Raumpfleger direkt ausgeschrieben: Hotel Iltis, direkt am Ostbahnhof, Montag, den 16. Februar 1997, 14 Uhr.

Also morgen.

Als ich kurz vor vierzehn Uhr physisch auf den Haupteingang des Hotels und gedanklich auf die hundertundelfte Trennungsanalyse zusteuerte, fiel mir unvermittelt dieses Gesicht auf. Eine junge Frau, fertig gerade mit ihrem Fahrradschloss, richtete sich auf und wandte sich auch der Drehtür zur Eingangshalle zu. Sie war groß. Aber ihr Gesicht war noch viel auffälliger. Es ist längst eine populärwissenschaftlich verbreitete Erkenntnis, dass der

Anblick eines als schön empfundenen Gesichts bei Männern zu einer besonders regen Tätigkeit im Nucleus accumbens, Teil eines bestimmten Hirnareals, führt. Das ist übrigens der Teil, der sich auch besonders durch Drogenkonsum oder – für besonders verirrte Leser – durch finanzielle Anreize stimulieren läßt. Damit ist gesagt, dass ein schönes Gesicht bei Männern ähnlich wirkt, wie, was weiß ich, Kokain? Die Frau jedenfalls war mir aufgefallen, und als ich an der Rezeption des Hotels erfahren hatte, der Vorstellungstermin sei auf den nächsten Tag verschoben, da trödelte ich etwas beim Hinausgehen, schließlich erkundigte sie sich ja direkt nach mir und drehte sich gerade dem Ausgang zu...

„Äh ... ", (sie war jetzt auf gleicher Höhe), „ ... warst Du auch wegen dem Job hier??"

„Ja –"

Die Drehtür öffnete, und die Februarkälte schwappte über unsere Gesichter.

„Klang ja nicht ermutigend..."

„Nein."

Wir standen draußen. Neben ihrem Fahrrad.

„Kommst Du mit, was trinken??"

Sie nickte. Und damit war mir gelungen, was ich in zweiunddreißig Jahren zuvor nicht geschafft hatte: Eine Frau, die mir gefiel und die mir vollkommen fremd war, so anzusprechen, dass sie bereit war, ein bißchen Zeit mit mir zu verbringen. Vielleicht war ich doch noch nicht verloren.

Ein Café gab es gleich um die Ecke. Sie bestellte schwarzen Tee. Ich war entschlossen, alles zu bezahlen. Ich schätze besonders diesen Zug ins Selbstzerstörerische an mir. Verwegener Germanist lädt nach geplatztem Vorstellungsgespräch für Putzkraftjob bei dieser Gelegenheit gemachte Zufallsbekanntschaft zum Gelage in erstklassiges Etablissement.

Ihr Gesicht war fabelhaft.

Ihre Jeans auch.

Als sie dann den Teebeutel ins heilignüchterne Wasser tunkte, hatten wir uns schon einander vorgestellt.

Sie hieß Katharina.

„Wo kommst Du denn so her?" versuchte ich das Kennenlernen zu forcieren.

In Berlin auf eine Einheimische zu treffen, war ein abseitiger Gedanke.

„Aus dem Norden, von der Küste."

Ich würde den Rest meines Lebens diesen leichten norddeutschen Akzent bei Frauen erotisch finden.

Sie erzählte mir von Biogenese und Leibenergie. Sie skizzierte mir auf eine grüne Serviette die Strahlenwege zwischen Körperkern und Außenwelt. Keine Ahnung, was sie meinte. Es hatte irgendetwas mit Wilhelm Reich und Psychologie zu tun. Die Serviette habe ich heute noch. Schließlich erzählte ich ihr von meinem eigenen Körperkern und seiner ständigen Revolte gegen das Verlassenwerden, mit dem eine rätselhafte Außenwelt ihn aufzulösen drohte.

„Im Frühjahr kommt sie zurück. Zurück in die Wohnung. Da ist ihr drittes Trimester vorbei."

„Warum?"

„Warum, was?"

„Warum ziehst Du nicht sofort aus? Warum willst Du sogar mit ihr wohnen bleiben?"

Aus Trotz natürlich. Ich wollte nicht das Feld räumen. Ich wollte nicht akzeptieren, was ganz ohne mich schon entschieden war. Ich wollte durch bloße Anwesenheit eine Bedeutung aufrecht erhalten, die ich verloren hatte. Auch auf die Gefahr hin, in diesem hilflosen Beharren besonders jämmerlich zu erscheinen. Ich wußte, ich hatte keine Chance mehr, aber davon war ich schon so lange ausgegangen, dass es keinen Unterschied machte, wie ich unterging.

„Es ist alles so unwirklich," erklärte ich.

„Es waren nur Telefongespräche. Wie soll ich eine Trennung so verarbeiten? Wie soll auf diesem Weg Wirklichkeit in mein Gefühlsleben sickern? Ich brauche Zeit, Zeit mit ihr."

Das war ziemlich nah an der Wahrheit.

4

Ein halbes Jahr nach unserem Kennenlernen war ich zu Christiane nach Berlin gezogen. Meine anstehende Dissertation, die mir im Grunde gleichgültig war, würde ich auch dort schreiben können. Das halbgare Angebot meines Doktorvaters, mich im Wintersemester an der Heimatuniversität ein Seminar leiten zu lassen, hatte ich mit meinen ebenso halbgaren Umsiedelungsplänen glücklich abgewendet.

Christianes anfänglicher Skepsis angesichts meiner fliegenden Fahnen und dem offensichtlichen Mangel an akademischen Ehrgeiz wich rasch der Vorfreude auf Parkspaziergänge zu zweit und einem strahlend grauen Alltag. Wir telefonierten täglich und versicherten uns unsere Großeliebe.

Telefonate sind mein Stärke. Ich mied praktische Fragen und steuerte möglichst rasch auf die Schlußviertelstunde zu, die nur noch aus hingesäuseltem Verbalsex bestand. Danach hatte ich eine Erektion, der ich alles weitere überlassen konnte.

Die ersten Monate lebte ich in Christianes Zimmer. Sie war eine Wohngemeinschaft mit Alexander eingegangen, einem alternativ-ökologisch orientierten Jungunternehmer im Bereich Solartechnik. Seine Zwei-Leute-GbR stand noch so ziemlich am Anfang, hatte gerade ein paar Lagerräume am Stadtrand angemietet und ein bißchen Material aus Polen besorgt, aber mit mir verglichen sprühte Alexander geradezu vor Lebenstüchtigkeit. Er hatte ein Ziel und er kam auch schon aus den Startblöcken geschossen . Er hatte sein Leben bei den Eiern gepackt und war im Begriff zuzudrücken. Wenn ich morgens in die Küche kam, war Alexander längst in Köpenick und schraubte an selbstkonstruierten Fertigungseinheiten oder verhandelte mit sonstwem über Subventionen für Existenzgründer im Anfangsstadium. Ich dagegen schien weitgehend ohne Subventionen einfach zu existieren. Allerdings auch ohne eine nennenswerte Idee, was meine Zukunft unter den Blicken der Zielstrebigen anging. Gegen neun verließ auch Christiane die Wohnung und fuhr zur Humboldt-Universität. Ich war allein. Endlich, denn ich wartete morgens aufs Alleinsein, um in Ruhe scheißen und erstmal masturbieren zu können.

Schließlich saß ich am Küchentisch, nippte Kaffee und machte Tagebuchaufzeichnungen, die mein Unbehagen an mir, meiner ungewohnten Umgebung und der Weltlage insgesamt festhielten. Wenn eine innere Stimme, die verdächtig nach Christiane klang, mich aufforderte, ein bißchen mehr Ehrgeiz an den Tag zu legen, begann ich in ein paar Büchern herumzuwuseln, wobei es sich um Abhandlungen über den Verfasser solch berühmter Romane handelte wie *Wunnigel* oder *Stopfkuchen* oder *Prinzessin Fisch* oder *Alte Nester* oder *Pfisters Mühle*, letzteres nur, um auch ein weniger bekanntes Werk zu nennen.

Es wäre absurd von jedem Geisteswissenschaftler zu erwarten, sich in seiner Profession den Status eines vollwertigen Mitglieds der Gesellschaft zu erwerben. Dafür gibt es viel zu viele von uns. An den Universitäten pflegen und füttern sie uns nicht, um damit den gesellschaftlichen Kreislauf von Geben und Nehmen, Kaufen und gekauft Werden, Leben und Töten zu bereichern. Ganz im Gegenteil. Die vornehmste, ja eigentliche Aufgabe der geisteswissenschaftlichen Fakultäten besteht darin, die vielen überflüssigen Abiturienten, Kinder irgendwelcher demokratisch anmutenden Bildungsreformen, möglichst lange vom Arbeitsmarkt fernzuhalten.

Nebenbei, was wäre, wenn das ganze Potential an ewig krittelnden und nörgelnden Jungmarxisten, angehenden Linksintellektuellen und notorisch unzufriedenen Möchtegernrevoluzzern ungebremst in den ohnehin holpernden Verwertungszusammenhang geleitet werden würde? Wo die TV-Illustrierte versagt, kann die Faucaultsche Interpretation eines Magritte-Bildes, durchdacht und reproduziert im Rahmen einer Grundstudiumsarbeit, durchaus eine abendfüllende Alternative sein.

Oder die Gestalt des Sonderlings bei Wilhelm Raabe.

Ich räumte meinen Kram zusammen, verließ Küche und Wohnung und schlenderte einmal die Frankfurter Allee entlang bis zum Alexanderplatz und einfach wieder zurück.

5

„Mobile Altenpflege?"

Ich saß bei Elke in der Küche mit einer Tasse voll dampfendem Tüten-Cappuccino. Elke war unsere Nachbarin. Gerade schwanger. Von Hardy.

Hardy war ihr Lebensgefährte, Bauarbeiter, in der Regel arbeitslos, tätowierter Republikflüchtling. Versuchter. Nach zwei Jahren Tätowierungsphase abgeschoben. Als er nach Ost-Berlin zurückkam, lernte er Elke kennen.

„Da mache ich nach dem Kleinen auch weiter. Ein paar Stunden die Woche, wenigstens", klärte sie mich auf, wobei ihr *auch* wie *ohch* klang.

Oder *Augen* wie *Ohgen*.

„Und heute wollt´ ich noch meine Frau Krümmke besuchen, die ist nämlich hundert geworden. Ich muss nur anrufen, ob´s heute am Nachmittag passt."

Hundert.

Ich hatte ihr von meiner Beschäftigungsnotlage

erzählt. Aber Altenpflege?

„Ich kann ja mal bei der Pflegestation fragen, die brauchen immer Leute."

Ich studierte die vergehenden Schaumschlieren, die auf meinem Cappuccino schwammen, während sie im Wohnzimmer telefonierte.

Hundert.

Noch neunundsechzig Jahre Erinnerung an Christiane. Bevor ich tiefer in die Materie eindringen konnte, schlappte Elke in die Küche zurück.

„Und?", fragte ich, froh, dass mir noch ein Konversationsbeitrag gelingen wollte.

„Ist gestern gestorben, die Frau Krümmke. Kann man nichts machen. Ist der Cappuccino gut?"

„Ja, sicher. Wie, tot?"

„Na, tot. In dem Alter stirbt man öfter mal."

Na klar, nichts ist ewig, dachte ich präzise. Aber ob mobile Altenpflege wirklich das Richtige war für mich?

„Ich hab auch gleich ´mal wegen dir gefragt."

Elke sah mich an, als wäre ich ein gleichwertiges Exemplar ihrer eigenen Gattung.

„Du müsstest einfach kurz eine Bewerbung schreiben."

Ich würde es mir überlegen, sagte ich. Vollkommen überstürzte Antwort.

Ich zog mich in die katzengesättigte Ausweichwohnung mit ihrem Alles-im-Arsch-Charme zurück und wartete auf das Vergehen der Zeit bis zum Abend. Für 20 Uhr hatte ich das nächste Telefonat mit Christiane verabredet.

In angenehmer Dunkelheit hockte ich pünktlich in der neu errichteten Bierdosenabteilung, die einmal unsere Küche war, vor mir auf dem Tisch, den die Bauarbeiter sich besorgt hatten, der Fernsprechapparat

Was für ein schlachtbankbereites Lamm, das da hoffnungslos hoffend zum Hörer griff und die Amsterdamer Nummer wählte, das Köpfchen schon bis zu den Augenunterrändern salzwassergefüllt.

Die alte Amerikanerin meldete sich. Ich war präpariert:

„Hallo, this is Jürg speaking. Can I talk to Christiane?"

„Huh, I´m sorry, she´s not returned yet. Shall I leave her a note?"

Great, dachte ich.

„Yes, please. Tell her that I´ve tried to phone her."

„All right, and don´t forget...", fuhr sie unerwartet fort.

„...tomorrow´s Valentine´s Day!"

„Oh yes. Sure. Thank you. Bye –"

In absoluter gedanklicher Stille legte ich den Telefonhörer auf.

Valentine´s Day. Auch nicht schlecht. Christiane liebte Valentine´s Day. Ich sollte keine Kosten scheuen, ihr rechtzeitig einhundertfünfzig Fleurop-Rosen zukommen zu lassen.

Für den Fall, dass sie zurückrief, blieb ich noch ein wenig in unserer alten Küche sitzen.

Vielleicht war Altenpflege jetzt genau das Richtige. Fremde Körper waschen. Fremden Kot beseitigen. Das Elend der Hilflosigkeit erleben und die wahren Proportionen der eigenen kleinen Tragödien wieder richtig einschätzen können.

Beständig nickend, täuschend echtes Greisenzittern, entnahm ich dem Fremdvorrat entschlossen noch ein Döschen und knackte es mir.

6

Für Christiane sind wir alle *linke Spinner*. Immerhin klang das mir gegenüber noch einigermaßen versöhnlich, da ihr erst langsam dämmerte, dass ich im großen Lostopf ihres Lebens eine weitere Niete war. Für die anderen, schon korrekt identifizierten Mitmenschen - die *Träumer, Spinner und Parasiten*, die niemals ein Landhaus besitzen und über genug Geld verfügen würden, vier Kinder aufzuziehen – gab´s täglich die ungefilterte Dosis Spott.

Also ging ich allein zu meiner ersten politischen Demonstration in Berlin. LLL. Luxemburg, Liebknecht, Lenin. Jeden zweiten Sonntag im Februar.

Ich hatte davon gehört, dass nach 1989 die Leute alljährlich weiter zu zehntausenden die Gräber von Liebknecht und Luxemburg besuchten. Die PDS hatte gleich den ganzen Friedhofsvorplatz angemietet, um sich so viel freiwillige linke Begeisterung nicht entgehen zu lassen. Die Demonstration vom ehemaligen Lenin-Platz bis zur Gedenkstätte der Sozialisten in Lichtenberg war der Partei aber schon zu aufregend. Stilles Gedenken sollte es sein. Nur klassische Musik an den Gräbern und sonst nur das Gesurre der Fernsehkameras, wenn die Parteispitze den Kranz auf Rosas Reste wuchtete.

Die Demonstranten zählten einige Tausend, ein buntes Volk aus zumeist jungen Leuten. Ich sah rote Fahnen. Und einen vorab laufenden Block von Autonomen, die versuchten, auch so auszusehen. Ich orientierte mich in die Mitte des Zuges, wo ein großer, dürrer, fast glatzköpfiger Mann zur Stahlsaitengitarre sang und von einem Trommler begleitet wurde. Als ich nah genug war, konnte ich den Refrain verstehen, den er mit harter Stimme uns durch die eisige Januarluft zurief:

alles was besteht
ist wert, dass es
zugrunde geht,
neues und höheres
entsteht

Das war immerhin literarisch (wenn auch geklaut) und von betörender Klarheit. Zwischendurch forderte er die Demonstranten zum Wechselgesang auf. Ich singe eine Zeile, rief er, und wenn ihr sie richtig findet, singt ihr sie nach... Und dann schmetterte er zu einem andauernden Dur-Akkord: *Karl, Rosa, Vladimir! Für echten Sozialismus kämpfen wir...*

Wir waren alle dankbar dafür, eine Aufgabe zu haben, die uns von der Kälte ablenkte. Also riefen wir dem drahtigen Agitator seinen Vers zurück. Was immer das war, *Echter* Sozialismus, er schien es jedenfalls ernst zu meinen.

Wir kamen am Friedhofsvorplatz an.

Dort lernte ich Hans-Dieter kennen. Hans-Dieter war Schwabe. Das war sicher auch nicht leicht. Aber er hatte es bis Berlin geschafft und saß nun hinter einem der vielen politischen Bücher- und Informationsstände, die den Vorplatz zum Friedhof umsäumten. Da waren Gruppierungen dabei, von denen ich noch nie gehört hatte. (Was aber nicht viel heißen muss, denn bis auf meine spätpubertäre Mitgliedschaft in einer trotzkistischen Gruppe, die dann von einem Juso-Aktivisten unter Vorspiegelung terroristischer Umsturzphantasien säuberlich tranchiert worden war, hatte ich wenig Erfahrung.)

Hans-Dieter war Marxist-Leninist. Für alle ehemaligen DDR-Bürger, und das waren hier etwa 95 Prozent, hatte er die erkleckliche Neuigkeit parat, dass sie entgegen den im Fernsehen aller Himmelsrichtungen gemachten gegenteiligen Beteuerungen noch nie auch nur einen einzigen Tag im Sozialismus verbracht hatten.

Von Kommunismus ganz zu schweigen. Aber schon den Leuten aufzuschwatzen, das ganze Affentheater sei so etwas wie die realexistierende Version von sonst was gewesen. Das passte allerdings den Herrschaften beider Seiten blendend ins Konzept.

Er schob mir einen enormen Wälzer hin.

DIE RESTAURATION DES KAPITALISMUS IN DER UdSSR.

Die Sowjetunion und ihre Geschichte waren Hans-Dieters Steckenpferd. Einmal in Moskau hatte er sich eine alte Rote-Armee-Pelzmütze mitgebracht.

Ich kaufte das Buch. Und wir tauschten Telefonnummern aus. Schließlich war ich auch der Meinung, es gebe keinen Grund, sich auf Landhäuser und Kinderkriegen zu spezialisieren.

Während ich meine Buchbeute umständlich in die dafür knapp bemessene Manteltasche zwang, ging die Einsatzleitung der Berliner Polizei etwas unvermittelt dazu über, ein bisschen zu proben, was sie für den Ernstfall hielt. Da wurde *Einkesseln* geübt, dann *Leute herausgreifen*, da wurde auch mal der große Einsatzwagen querfeldein, also mitten durch die Menge bewegt um zu testen, ob die älteren unter den Friedhofsbesuchern noch geistesgegenwärtig genug waren, rechtzeitig zur Seite zu spritzen.

Später wies die Einsatzleitung darauf hin, man habe inmitten der Menschenmenge ein PKK-Fähnchen entdeckt und einschreiten müssen.

Aber da war ich schon auf dem Weg nach Hause und bedachte meine Zukunft. Wie immer sah ich wenig Grund, mir Hoffnung auf eine materiell abgesicherte Existenz zu machen. Aber vielleicht war es wichtiger, sich Gedanken über die Existenz überhaupt zu machen, über die Existenz als politisches Wesen.

Es war die Zeit, als in Frankreich sich gerade Studenten mit Transportarbeitern und Bauern gegen die Regierung verbündet hatten. Bei uns plante eine Koalition aus gut geschmierten Christdemokraten und sicher nicht zu kurz gekommenen Liberalen, die Lohnfortzahlung im Krankheitsfall abzuschaffen. Und provozierte damit eine Kampfbereitschaft unter den Industriearbeitern, die doch nicht im Siegestaumel der Besten-aller-Welten endgültig untergegangen war.

Hans-Dieter wohnte in Neukölln. Wir trafen uns öfter, meist bei ihm, manchmal in einem der Biergärten am Kanal. Ich hatte auch schon in den dicken Wälzer geguckt, das *fette* Buch, wie Katharina gesagt hätte, und mir Sätze angestrichen. Während ich trank und mein Wohlbefinden mit ein paar Gelegenheitszigaretten attackierte, entwickelte

Hans-Dieter Paraphrasen zum Thema, die in weitere Literaturtips mündeten.

Oskar Maria Graf. Der war auch `mal in der Sowjetunion. Sicher kein Kommunist, aber fortschrittlich...

Schließlich waren wir uns einig, dass Lesen gutundschön sei, aber es gebe auch viel zu *tun*.

Ob ich nicht mitkommen wolle zur Freien Universität, zum Stand vor der *Rostlaube*. Das war die Cafeteria. Eine. Studenten gewinnen für den Gedanken der Aktionseinheit. Gemeinsam kämpfen. *Wie in Frankreich.*

Eine ganze Anzahl von Studenten, in Berlin und anderswo, waren in diesem Winter tatsächlich motiviert, `mal auf die Straße zu gehen, gegen die angedrohte Einführung von Studiengebühren. Das war doch eine Gelegenheit einmal den Blick zu heben über die Bücherwälle der geisteswissenschaftlichen Genieschmiede hinaus.

Ach, Arbeiterklasse? Die gibt´s noch? Sind wir nicht längst in der Dienstleistungsgesellschaft?

Die glauben glatt, der Strom kommt aus der Steckdose. Und die Steckdose war sowieso schon immer da. Dabei ist weltweit sogar in vielen Ländern ein richtiges Industrieproletariat erst neu entstanden. Hans-Dieter guckte mich nachdenklich an. Du bist ja eigentlich auch Student, was?

Ich seufzte aufrichtig.

Montags ging ich fortan erst in die Rostlaube

frühstücken, stöberte eine halbe Stunde durchs Sortiment gebrauchter Bücher, die rings umher angeboten wurden und war dann zur Stelle, wenn Hans-Dieter und irgendeiner seiner Kumpel mit ihm Sonnenschirm, Tapeziertisch und Materialkoffer anschleppte.

Es machte sogar Spaß. Während Hans-Dieter sich *hinter* dem rotbetuchten Stand aufhielt, stellte ich mich *davor* und warf mich den zwischen Mensa und Cafeteria Pendelnden in den Weg. *Das strategische Bündnis zwischen Studenten und Arbeitern vorbereiten.* Ich sprach vornehmlich Studentinnen an, die mir gefielen. Ich inszenierte wild wedelnd mit irgendeinem Flugblatt Wortwechsel. Manchmal geriet ich an altkluge Möchtegernrevolutionäre wie ich selbst und strudelte mit ihnen in eine historisch-philosophische Debatte darüber, ob der Mensch nicht zu schlecht sei für eine bessere Welt.

Oder ich ging mit Hans-Dieter zu Treffen der Gruppe UNI-STREIK. Dort sicherte Hans-Dieter den debattenerfahrenen Studentenführern Solidarität zu und schenkte ihnen gleich reinen Wein ein, indem er klarstellte, man solle sich besser UNI-BOYKOTT nennen, denn streiken könne nur, wer auch bezahlt werde, insbesondere also die Leute in den Industriebetrieben. Und da liege auch die eigentliche Kraft zur Veränderung. Im wirklichen, *politischen* Streik (der im übrigen hier ja verboten sei).

Ich dagegen konzentrierte mich auf die Randdiskussionen, zum Beispiel, ob der Mensch nicht etwa zu schlecht sei für...

7

Mangels schneller Entscheidungen - von der Pflegestation Kreuzberg war ich auf den nächsten Monat vertröstet worden - meldete ich mich auf eine Zeitungsanzeige, in der Studenten für den Bau gesucht wurden. Wieder ganz meine Kragenweite. Von Natur aus untergewichtig, mit einem kleinen Herzfehler und weitgehendem Mangel an Arm- und Brustmuskulatur ausgestattet, versprach mir schon das Telefonat mit dem Bauleiter die gewünschte Herausforderung: Wege pflastern, weit draußen außerhalb der Stadt, an einem Überwachungsturm vom Flughafen Schönefeld.

Ich fuhr mit Christianes weißem Fiat Panda hin. Kurz nach fünf am Morgen. Gegessen hatte ich nichts, dazu diese leichte Übelkeit, wenn mir zwischen zwei Ampelphasen einfiel, dass mein Resteleben gerade dabei war zu zerbröseln und die Aussicht auf Wegepflastern doch nicht so recht aufheiternd wirkte. Während ich in diesem automobilähnlichen Metallarrangement über die sagenhaft deprimierende Warschauer Brücke mit ihrem trostlosen Ausblick auf verödete Uferregionen und die Ödnis von hauptsächlich toten Gleisen fuhr, erfüllte mich die vollkommen realitätsferne Angst davor, ohne Christiane nun also allein sterben zu müssen. Dazu lief gerade *I love you more than you´ll ever know* von *Blood, Sweat And Tears* (jedenfalls geht diese Erinnerung immer einher mit der Assoziationskette Fiat Panda-Warschauer Straße-vereinsamtes Lebensende). Es besteht für mich kein Zweifel, dass mein Geisteszustand sich der Lächerlichkeit annäherte, was allerdings nur der Außenstehende angemessen hätte genießen können. Mir selbst blieben meine Tränenattacken, die ich aber spätestens im Kreis der neuen Kollegen besser im Griff zu haben hoffte. Ich wollte wenigstens nur als physisch leistungsschwach und nicht auch noch als sentimentales Wrack auffallen.

Es ging über die Dörfer. In aller Herrgottsfrühe. Dass ich das Türmchen überhaupt fand, war wie unglücklich gefügt. Tatsächlich musste ich von der Straße abzweigen, einem Schotterweg folgen, der immer lehmiger wurde, bis ich schließlich mit dem Panda wie in einem Geländewagen durch ein Lehmhügelmassiv irrte, was meinen ohnehin raren Optimismus schon beinahe erschöpfte. Endlich formierte sich doch noch so etwas wie ein Weg in der Mondlandschaft, ornamentiert mit riesigen Baggerräderfährten. Und da kam auch schon die umzäunte Radarstation. Hurra. Ich fragte mich kurz, ob eine ergebnislose Suche nach diesem Traumarbeitsplatz nicht letztlich besser gewesen wäre.

Ich war immer noch so früh, dass erst nach einigen Minuten zwei Bauarbeiter zum Dienst erschienen, ein Vorarbeiter, wie ich gleich erfuhr, und sein baggerfahrender Gehilfe. Und es gab noch mehr Aushilfskräfte, die innerhalb der nächsten halben Stunde eintrudelten. Mir, dem Neuling unter den studentischen Wanderarbeitern, stand es zu, den ersten Tag mit einer Harke ausgerüstet auf den Lehmweg zurück zu marschieren und dort, wie sich der Vorarbeiter ausdrückte, erst einmal für Ordnung zu sorgen.

- Mach´ `mal die Baggerspuren weg, damit der Weg gut aussieht.

Das war so gemeint, wie er es sagte. Also zog ich mit meinem Arbeitsgerät in die Landschaft und begann damit, aufgeworfene Lehmwälle zu glätten. Landschaftspflege gewissermaßen, deren Sinn mir schleierhaft war. Und ich vollführte meine kosmetische Tätigkeit für die nächsten sieben Stunden, was meiner Muskulatur das Gefühl gebraucht zu werden im Übermaß verschaffte.

Am zweiten Tag lernte ich Alfons kennen. Einer der anderen Studenten. Jura, glaube ich. Und blond gelockt. Da Alfons kräftig und durchtrainiert wirkte, passte er besser als ich in unser kleines Trainingscamp am Rande der zivilisierten Welt. Mittlerweile durfte ich wie die anderen Pflastersteine in eine Schubkarre füllen und dann über eine schmale Holzplanke auf eine Anhöhe befördern. Die Holzplanke war nur mit Anlauf zu besiegen, was eine geglückte Mischung aus Kunststück und Gewalttat erforderte.

Die Pause verbrachten wir bei den parkenden Autos, da gab es wenigstens Sitzgelegenheiten. Alfons kam zu mir.

„Was ist den HER für eine Abkürzung?"

„Herne. Das ist im Ruhrgebiet."

„Kommst Du da her?"

„Nein. Das Auto gehört meiner..."

Und jetzt wurde es schwierig. Immerhin hatte ich meine Drüsenfunktionen augenblicklich unter Kontrolle. Also konnte ich ihn ansehen und korrekt sagen:

„...meiner Freundin. Aber eigentlich hat sie mich gerade verlassen."

„Und?"

„Und was?"

„Willst Du sie zurück?"

Jetzt wurde es wirklich schwierig. Die Frage war

mir überhaupt noch nicht in den Sinn gekommen. *Will man sein Leben zurück, wenn man schon tot ist?* ging mir so oder ähnlich durch den Kopf. Aber ich zuckte erst einmal und vorsichtshalber nur mit den Schultern.

Da Alfons ganz in meiner Nähe wohnte, bot es sich an, ihn die restlichen Tage im Auto meiner ehemaligen Lebensgefährtin mitzunehmen.

Am nächsten Morgen wartete er an der Warschauer Brücke auf mich.

„Mir tut noch alles weh von gestern", sagte ich - nur um etwas zu sagen und nicht gleich der Schweigsamkeit zu verfallen.

„Die Knochenarbeit ist gut, hörte ich Alfons brummen. Da muss ich diese Woche gar nicht ins Fitness-Studio."

Aha.

Aus obengenanntem Grunde fragte ich aufrichtig ahnungslos zurück:

„Fitnessstudio?"

„Da stehen die Frauen drauf."

„Deine Freundin?", erkundigte ich mich trümmerhaft.

„Frauen eben. Feste Freundin ist noch zu früh. Erstmal so viele wie´s geht."

„So viele wie´s geht...", wiederholte ich begriffsstutzig. Wir hielten gerade an einer Ampel, er beugte sich etwas zu mir, sah mich an.

„1000", zischelte er.

„1000?"

„Ich will mit 1000 Frauen ins Bett. Erfahrung haben. Danach erst was Festes."

Alfons guckte jetzt wieder geradeaus. Ich fuhr an. Ich hatte keinen Zweifel an seiner Ernsthaftigkeit. Er war auf seinem Weg zu den Tausend Frauen derzeit irgendwo in den Vierzigern. Ich hatte allerdings auch keinen Zweifel an Alfons schwer männlichem Dachschaden. Ich beglückwünschte mich dafür, ihn jetzt täglich und zweimal im Auto sitzen zu haben.

Am nächsten Tag gestand er mir seine Bewunderung für Hilary Clinton. Die wäre eine Frau für ihn. Juristin. Selbstbewußt. Berühmt. Später würde er auch in New York oder so wohnen, in einem Penthouse, mit einer Frau wie Hilary.

Ich verzichtete auf vorschnellen Skeptizismus. Warum einem jungen Menschen gleich die Hoffnungen nehmen? Zumindest war ich mir nicht sicher, ob er auf Gegenargumente gewalttätig reagieren würde. Ich entschied mich dafür, meine Shuttledienste gut über die Runden zu bringen, ohne Zwischenfälle und unnötige Risiken. Konzentration auf die Pflastersteine und das eigene Unglück schien mir eine geeignete Überlebenshaltung zu sein. Tatsächlich sah ich dem Freitagnachmittag mit einer Mischung aus Freude und Unbehagen entgegen. Erst einmal war ich froh über das Ende meiner Karriere in der Baubranche. Dann aber versagte mir jede Menschenkenntnis, die mir hätte versichern können, dass Alfons zwar ein bißchen seltsam, aber keineswegs der Psychopath war, der mich am Freitagnachmittag bei einbrechender Dunkelheit am Stadtrand beseitigen würde. Allerdings bedurfte es keiner psychopathischen Geistesverfassung, um mich allein wegen unseres in bar auszuzahlenden Wochenlohnes doch zu beseitigen. Ich überließ mich einfach der Hoffnung auf ein gutes Wochenende. Schließlich hatte Katharina angerufen und mich für Freitagabend bei ihr zum Essen eingeladen.

8

Christiane und ich hatten eine gemeinsame Erfahrung. Verschiedene Schlussfolgerungen vielleicht, aber beide waren wir aufgewachsen bei einfachen Leuten. Der eine nannte sich Vater und musste für wenig Geld viel unterwegs sein. Die zweite Person hieß Mutter, war meistens zuhause, hatte immer viel zu tun und schaute einen mit diesem Du-bist-was-Besonderes-Blick an. Offensichtlich war es letzterer möglich, Hoffnungen und Zukunftswünsche in der Küche zu destillieren und unserer Nahrung beizumischen. In der Milch, im Napfkuchen, im selbstgepressten Orangensaft, im frischgestampften Möhrengemüse, überall fand sich dieses Aroma, das nach Liebe schmeckte, aber auch nach übersteigerter Erwartung goldener Zeiten für uns Nachkömmlinge.

Wir waren beide Einzelkinder, so dass wir die Dosis ungeteilt zugeführt bekamen. Und irgendwie steigerte sich die Ration noch, als wir uns anschickten zur Universität zu gehen. Anders als in Familien, die aus Akademikern oder Abteilungsleitern zusammengesetzt waren, hatten unsere Eltern keinen Schimmer, was eigentlich aus uns werden könnte. Sie sahen sich außerstande, uns für die Existenz zwischen Hörsälen, Dekanaten und Caféterien irgendwelche Fingerzeige zu geben, und waren im Grunde schon seit unserer Zeit als Abiturienten in falscher Ehrfurcht erstarrt. Der Junge/ das Mädchen weiß eh besser, was er/sie will, der/ die ist doch so (Vater:) clever/(Mutter:) genial. Wir selbst hatten natürlich so gut wie keine Ahnung, wo´s lang gehen sollte. In solchem Falle wendet sich das halbreife Früchtchen unweigerlich einer Geisteswissenschaft zu, wird sich für Gemanistik oder Kulturwissenschaft einschreiben, anfangen Bücher zu lesen mit Titeln wie *Die Subversion des Wissens* oder *Das Sein und das Nichts* und vorm Spiegel stehend permanent schwanken zwischen a) tatsächlich genial zu sein oder b) doch eher eine Pfeife.

Was die gegensätzlichen Schlussfolgerungen angeht, so muss man sich das jetzt als Gegenüber zweier Haupttendenzen vorstellen, deren jeweilige Nebentendenzen sich kreuzweise entsprechen.

Oder: Christiane war eine Pfeife, aber entschlossen, etwas aus sich zu machen; ich war tatsächlich genial, aber davon überzeugt, aus mir werde dennoch nie wirklich etwas.

Natürlich --- das stimmt so nicht. Es ist gemein und unwahr. Also: Christiane war entschlossen, das Aroma der mütterlichen Weissagungen intensiv wirken zu lassen und das Leben erfolgsorientiert anzugehen, nebenbei war sie aber beunruhigt von den Bedrohungen der Mittelmäßigkeit, der Orientierungslosigkeit, der Fragwürdigkeit kleinbürgerlicher Idyllen usw. Ich dagegen versuchte so konsequent wie ansonsten nie, meine Orientierungslosigkeit als überlegene Lebensform in Freiheit und philosophischer Würde zu stilisieren, stets leicht verängstigt durch eine mögliche materielle Verelendung oder gepeinigt von Minderwertigkeitsgefühlen oder gewöhnlich gleich beidem.

Geld beschäftigte uns beide. Kunststück. Ohne auszukommen verlangt schon besondere Fähigkeiten. Aber es beschäftigte uns im Sinne einer abwesenden Ursache, einer Erfahrung der Knappheit qua Herkunft. Arbeiterkindersyndrom.

Wenn der Hungrige überall Brot sieht, so sahen wir entweder überall die Verheißung der Gosse (ich) oder das unverschämte Glück der anderen, mit denen der Geldgott es besser bestellt hatte (sie).

„Andere kriegen es hinterhergeschmissen, ich muß mich dafür abstrampeln!"

Sie knautschte das Gesicht und guckte mich mitgefühlsaugend durch die Hornbrille an (die mich immer erwartete, wenn sie abends schon die Kontaktlinsen von den Augenbällen gezogen hatte).

„Das ist ungerecht."

Wir waren gerade in ihrem Zimmerchen. Auf der alten brettharten Couch. Im Fernseher flackerte *Reich und schön.*

„Warum sind wir nicht reich?"

„Wir haben doch uns", versuchte ich es mit Romantik. Völliger Fehlschlag.

„Ja, toll. Da hocken wir zu zweit hier wie die Kirchenmäuse."

Noch ein Versuch:

„Vielen geht´s doch viel schlechter."

Christiane verdrehte die Augen hinter ihrem schwarzen Gestell.

„Jau, bloß nichts ändern. Du richtest dich überall ein, auch wenn´s noch so beschissen ist."

Jetzt drohte unser kleines Beratungsgespräch eine riskante Wende zu nehmen, nämlich in Richtung auf die Defizite meines Beitrages zur allgemeinen Reichtumsvermehrung.

„Du hast keinen Ehrgeiz!", stellte sie nicht ganz grundlos fest, aber es klang doch ein wenig wie: *Und darum müssen wir Sie im Morgengrauen erschießen.*

Sie schaute mich prüfend an.

Mir fiel nichts ein um abzulenken. Vielleicht nach einem ihrer dicken Wollsocken greifen, darin den Fuß zwecks einer erotischen Massage suchen und ganz auf meine Verführungskunst setzen? Oder aufstehen und sofort mein Leben ändern?

Bevor ich mich entscheiden konnte, war die Werbepause zuende, und Christiane verlagerte ihren Blick auf Erfreulicheres.

Auch am nächsten Morgen mangelte es nicht an Gesprächsstoff.

„Kümmer´ dich doch mal, sitz hier nicht `rum."

Sie hockte mir am Küchentisch gegenüber. Frühstückszeit. Dabei trug sie eine ausgewaschene, blaue Jogginghose und immer noch die Hornbrille (*Wie hältst Du das bloß aus---?*)

Marmeladenbrötchenzentriert blickte ich widerwillig auf.

„Ich bin doch dauernd unterwegs."

„Nur so´n Zeugs. Es ist ja schön und gut, wenn sich jemand engagiert, so politisch, aber denk´ doch auch `mal an dich, du hast doch ein Studium, lass´ das doch nicht verkommen."

In mir klumpte sich dieser Unwillen im Magen-Darm-Trakt zusammen, der nur so nach Ruhe schrie. Wüstentrieb.

Einmal dabei, begann sie auch angrenzende Themen zu berücksichtigen:

„Überhaupt muss ich hier alles allein organisieren. Ohne mich würdest Du noch immer im Ruhrgebiet im Keller wohnen."

Im Ruhrgebiet im Keller. Na, gut, da war was dran. Allerdings war ich damals freiwillig mit Freunden in ein Haus gezogen und hatte mich dort im ehemaligen Partykeller eingerichtet. Direkt neben der Kokszentralheizung. Der Heizer. Mietminderung für regelmäßiges Koksschaufeln und Aschewanneleeren. Ein bißchen sehnsuchtsvoll dachte ich zurück. Sie registrierte angewidert den Hauch von Wehmut in meinen ansonsten kontrolliert gegenwärtigen Gesichtszügen.

„Da hat´s Dir wohl besser gefallen?"

Christiane war eine hochentwickelte Lebensform, eim unfehlbarer Detektor für jede Neigung von Realitätsflucht bei mir. Alte Tagebücher lesen? In Fotoalben blättern? Schwierig. Verdacht auf sentimental gesteuertes Ausweichen vor den wirklich wichtigen Dingen: *den Aufgaben in einer glücklichen Zweierbeziehung.*

„Unsinn...", verleugnete ich lächerlich entschieden mein goldenes Zeitalter zwischen Kohle-Keller und Uni-Cafeteria.

„Jedenfalls ist meine Zeit auch kostbar. Ich will nicht dein Leben managen müssen."

Es handelte sich natürlich weder um *mein Leben* noch um *müssen*, es handelte sich einfach um ihre etwas aufdringliche Vorstellung von *gemeinsamer Zukunft* und die dafür erforderliche Lebenseinstellung.

Allerdings, und das machte es kompliziert, war

ich mir selbst keineswegs sicher, wie ich meine eigene Lebenseinstellung – diese permanente Sehnsucht nach kompletter Abwesenheit von Erwartungen anderer an mich und meine Zukunft – wirklich finden sollte.

Aber sie musste los. Erst zur Uni, dann zur Stadtteilführung, die sie um 14 Uhr für eine Touristen-Kultur-Schickeria-Agentur durch den Prenzlauer Berg machte.

Sie sprang auf, sich zu duschen.

Von innen nach außen begann die Entspannung sich angenehm durch meine Körperteile zu verbreiten.

Also griff ich zur bereitliegenden Marmeladenbrötchenlektüre.

9

Am Straussberger Platz in den schaurig-schönen Stalin-Bauten gab es die Zeitarbeitsvermittlung. Gehörte zum Arbeitsamt. Ich war nicht das erste Mal dort, also fand die eisgraue Sachbearbeiterin meine Daten in ihrem Karteikartenkästchen.

„Hollander? Jürg?"

Ich nickte hoffnungssinnig, als bedeute das Kärtchen schon den Erfolg. Zuletzt hatte ich einen Job im Kaufhaus ergattert. Anfang November. Werbeabteilung. Was gut klang, entpuppte sich als Hilfstätigkeit beim Installieren der Weihnachtsdekoration. Lastwagenrädergroße Kränze hatte ich auf Klappleitern gezerrt und Lichterketten durch entlegene Wandhaken gefädelt. Da war ein ganzer Lagerraum vollgestapelt mit Weihnachtskränzen. Ein Jahr vorher muss sich einer meiner Vorgänger für gewissermaßen private Zwecke daraus bedient haben. *Weihnachtskränze*. Die hatte er mit auf den

Friedhof genommen, um dort im großen Stil mit seinen Kameraden den Geburtstag von Rudolf Hess zu feiern.

„Sie suchen etwas Längeres?" fasste die Sachbearbeiterin etwas salopp mein vorgetragenes Ansinnen nach einer dauerhaften Anstellung als studentische Arbeitskraft zusammen.

Sie sah mich jetzt das erste Mal durch ihre Augengläser, Modell Schneebrille, richtig an.

„Dann interessiert Sie Bierzapfen am Wochenende wohl nicht so?" mutmaßte sie und schob einen der drei grünen Notizzettel zur Seite weg. Auf grünen Zetteln waren die am Morgen telefonisch eingegangenen Job-Angebote vermerkt. Soviel wusste ich schon.

Also nur drei. Zwei Tage Bierzapfen war besser als nichts. Die anderen beiden waren voraussichtlich Bauhelferjobs.

„Also, wenn sonst..." begann ich zu murmeln. Sie hob eines der zwei anderen grünen Blättchen auf Augenhöhe an.

„Studieren sie vielleicht Medizin?" wollte sie wissen und blinzelte über den Zettelrand. Zerknirscht schüttelte ich den Kopf, noch den Gedanken einer Notlüge erwägend. Sie ließ den Zettel zur Seite gleiten und griff nach Nummer drei.

„Bauhelfer!" flötete sie, und es lief mir frostig den Rücken hinab.

„Was war denn der zweite für einer, ich meine, was denn für eine Arbeit --- so --- konkret?"

Widerwillig spähte sie noch einmal nach, das Blättchen kaum anhebend.

„Werkstatt für geistig Behinderte. Sollte medizinische oder pädagogische Kenntnisse haben", entzifferte sie gekonnt mühevoll.

Ich grinste er-forschend.

„Pädagogik hatte ich als Nebenfach. Da bin ich sozusagen prädestiniert..."

Mein Gesicht strahlte warme und hoffnungsvolle Blicke über ihr eisgeästeltes Haupthaar hinweg, die nahe Zukunft als Behindertenbetreuer sozusagen illuminierend.

Ich hatte noch nie einen geistig Behinderten kennen gelernt.

Egal.

Sie schien noch skeptisch. Aber schließlich seufzte sie.

„Rufen Sie hier an."

Sie schob mir den Zettel entgegen.

Kaum zwanzig Minuten später telefonierte ich mit einem Herrn Kantwerk. Am nächsten Tag - einem Freitag – stellte ich mich bei ihm vor. Ich bekam den Job. Da ich den Job ohne Schwierigkeiten bekam, konnte ich sicher annehmen, dass die Voraussetzungen nur so wichtig waren wie sie sein müssen, um auf einem grünen Zettel überhaupt erwähnt zu werden.

Am Montag Morgen fing ich an. Eine Frau Hofschulz empfing mich. Klein, wach, vielleicht Anfang fünfzig, freundlich, aber mit dieser Ausstrahlung von tausend Jahren Erfahrung, die mich erst recht einschüchterte.

Ob ich schon einmal ---? Na, das werde schon.

Und sie schob mich in einen kleinen Raum, in dem an ein paar Schultischen diese seltsamen Menschen saßen, von denen ich nichts wusste. Einige beachteten mich gar nicht, andere sprangen auf, um mich erst mal zu umarmen. Frau Hofschulz nannte Namen. Die meisten Behinderten waren klein, rundlich, keiner entsprach meinem mitgebrachten Schönheitsideal. Am letzten Tisch wurde mir Sabine vorgestellt. Sie war blond. Ihr Gesicht war ein pausbäckiges Rund, in dem kleine Augen blinkten.

„Setzen Sie sich erst einmal eine zeitlang zu ihr", forderte Frau Hofschulz mich auf. Damit ließ sie mich allein ---

Vor Sabine auf dem Tisch lag eine Art Handarbeit. Irgendwas mit Wollfäden, die durch so etwas wie ein kleines Netz aus Kunststoff gezogen werden mussten. Keine Ahnung. Und obwohl ich keine Ahnung von den meisten Dingen habe, nahm ich erst einmal an, das mit den Wollfäden sei eine reine Beschäftigungsmaßnahme. Später begegnete ich solchen Tätigkeiten tatsächlich. Zum Beispiel

Tintenpatronen aus einer großen Schale nehmen, in die vorgebohrten Löcher auf einem großen Holzbrett stecken, danach alle wieder herausnehmen, in ein kleines Glas füllen und mit einem dicken Korkkorken verschließen - und der Betreuer nahm dann die ersten zwanzig fertigen Gläschen und kippte die Patronen wieder zurück in die große Schale. Carsten beispielsweise beschäftigte sich damit so ziemlich den ganzen Tag. Anfangs dachte ich, ich müsse sie heimlich entleeren, damit er nicht denkt, keine richtige Arbeit zu haben wie die anderen. Aber nach ein paar Tagen sah ich, wie er die Gläser selbst wieder öffnete und auskippte – das Gesicht genauso eifrig und zufrieden verzerrt wie beim Einfüllen. Carsten, der nicht sprechen konnte, der klein und gedrungen und mit schwarzem Oberlippenbärtchen in seiner Ecke etwas abseits von den anderen saß und der fast immer mit düsterem Gesichtsausdruck an einem vorbeiblickte. Und er wurde etwas ungehalten, wenn ich ihn zu lange warten ließ, bevor er sich im Lager Brett und Patronen holen durfte. Manchmal begann er dann mit den Fingernägeln der einen Hand am Gelenk der anderen zu kratzen. Wenn dann endlich Blut kam, beruhigte ihn das auch. Aus unserer Sicht waren Patronen natürlich besser. Carstens Lieblingsmethode zu etwas Blut zu kommen, waren die Scheiben der kleinen Feuermelder, die leider an jeder zweiten Ecke im Gebäude angebracht waren. Und wenn auf der Hinfahrt zur Behindertenwerkstatt irgendetwas seinen Unwillen erregt hatte, dann zogen ihn die kleinen Dinger so unwiderstehlich an, dass er mindestens eine zerschmetterte, mit einer überraschend präzisen Bewegung nahe an der Lichtgeschwindigkeit.

Sabine hatte keine Neigungen, sich selbst zu verletzen. Zumindest nicht körperlich. Sie drehte ihr mondrundes Gesicht mit den dünnen, blonden, zum Pferdeschwanz zurückgebundenen Haaren mir zu und schaute von schräg unten in meine Augen:

„Musst du auch kacken?"

Wie meinte sie das? Im Allgemeinen? Für einen anthropologischen Exkurs war´s aber wahrscheinlich nicht der richtige Moment.

„Nein", entschied ich.

„Ich aber. Kommst du mit?"

Sie guckte mich mit lustigen Augen an. Wollte sie mich foppen? Oder konnte sie vielleicht wirklich nicht alleine ---? Gehörte es zu meinen Aufgaben als Betreuer? Oder musste ich pädagogischerweise das Thema ganz unterbinden? Oder zumindest die Wortwahl??

Ich war wohl selbst für Sabine, die ihre Wollfäden bisher in Zeitlupe verarbeitet hatte, nicht reaktionsschnell genug. Sie rollte vom Stuhl und watschelte an mir vorbei. Richtung Klo wahrscheinlich. Hoffentlich.

Sah immerhin so aus, als hätte zumindest sie alles im Griff.

Hintergründig dudelte ein etwas antiquierter Radiorekorder – kein CD-Laufwerk, kein Kugeldesign mit blinkenden LED-Äugelchen – irgendetwas Deutschsprachiges. Wenn die Musikkassette abgelaufen war, sprang sofort irgendjemand, der dazu in der Lage war, auf, drehte um und fand schließlich auch das Knöpfchen, um Seite zwei ertönen zu lassen. In den zwei Jahren als Behindertenbetreuer erwies sich mir eines als unzweifelhaft und der Verallgemeinerung statthaft: *Geistig Behinderte lieben Deutsche Schlager.* Sie sind der wahre Kern des Publikums. Als der Hitparade im ZDF die Einschaltquote mehr und mehr hinwegschrumpfte, da waren es die geistig Behinderten, die bis zuletzt mitschaukelten. Wenn überhaupt jemand die Vorausscheidung zum Grand Prix d´Eurovision de la Chanson wirklich genießen kann, dann die verwirrt-scheue Kerstin, deren Gehirn bei der Geburt keinen Sauerstoff bekam, oder die krähend-forsche Alexandra, deren permanent gute Laune vielleicht gerade mit ihrem ein klitzekleinwenig verdrehten Chromosomensatz zusammenhängt. Geistig Behinderte sind die Hardcore-Hörer in Deutschland, die nie genug kriegen können von Nino DeAngelo und Nikki, von Rosenberg und Kaiser. Als ich fast ein Jahr später öfter die Behinderten im kleinen Verkaufsladen der Werkstatt betreute – dort, wo Carsten seine Tintenpatronen steckte – fand ich auch dort ein ganzes Kassettenarchiv mit Schlagerinterpreten vor. Und wenn Claudia Jung die Wahreliebe in banale Quarten zerlegte, dann pinselte der stets gemütlich dreinblickende Bert die Holzklötze doppelt verträumt.

Kaum einen Monat war ich, wenn auch noch etwas unsicher, so doch zufrieden in meiner neuen Lebenslage als Behindertenbetreuer, da fand eine Gynäkologin Viren, und zwar ausgerechnet in Christianes Gebärmutterhals. Die Ärztin deutete mögliche Gewebeveränderungen an. Sogar eine mögliche Präkanzerose. Als nächstes galt es, zum Zwecke der Gewinnung von weiteren Testergebnissen tiefer in die Materie, Christianes Materie, einzudringen. Aber keine Angst, keine sofortige Komplettbeseitigung der Gebärmutter, sondern lediglich eine kleine Konisation. Messerkonisation. Kegelschnitt. Operative Entfernung eines konusförmigen Gewebestücks.

„Krebs…", jammerte das zerknautschte Gesichtchen am Abend und wie todgeweiht.

Natürlich versuchte ich – ich! – den Realitätssinn zu befördern. Sie umarmend verwies ich darauf, es sei ja nun noch nichts ausgemacht. Das mochte ja alles ganz harmlos sein. Jedenfalls nicht gleich Gebärmutterhalskrebs. Und überhaupt, das mit dem Ausschaben – wie hatte ich mir das eigentlich vorzustellen? – sei ja nur der Vorschlag einer allzu blutig begabten Metzgerin. Wie es denn mit einer weiteren Expertenmeinung sei?

„Geh´ zu einer Ärztin, der das Operationsbesteck nicht schon bei der Begrüßung aus der Kitteltasche fällt...", versuchte ich sie relativ erfolglos aufzuheitern.

Nebenbei erwähnte sie die Möglichkeit, ich könne mich bei bestimmten gemeinsamen Aktivitäten bei ihr angesteckt haben. Ich sollte vielleicht auch besser zum Arzt gehen…

Ich bedachte die Möglichkeit des Schwanzverlustes. Ich bedachte sie ernsthaft. Vielleicht wäre das die einmalige Gelegenheit, in meinem Leben neue Präferenzen zu setzen. So ohne Zentralnervensystem und mit künstlichem Blasenausgang. Also beschloss ich einen möglichen Arztbesuch erst einmal aufzuschieben. Allerdings war dafür weniger die Perspektive einer neuen Lebensausrichtung ausschlaggebend. Meine Stärke lag im Aufschieben.

Am nächsten Tag fuhr ich nach der Arbeit ein Stück mit im großen Behindertenbus, der einen Teil unserer Werkstattgänger nach Hause brachte. Während der Schicht im Laden, immer ein Auge auf Carsten und eines auf Berts Bauklötze (und da war auch noch Jörgi, der manchmal mit der Schere in der Hand aufsprang, nur Laute lallend jemanden anschimpfte, dann aber lächelte und – war ja alles nicht so gemeint – sich wieder setzte), während der Schicht also hatte ich kaum an die Welt der nicht geistig Behinderten gedacht. Jetzt aber im Bus, um mich herum das müde Summen und Stammeln der von der Natur Gelackmeierten oder bei Geburt dann Beschissenen, dachte ich an Christiane, ihre konische Ausschabung und an unseren Beziehungsversuch. Gerade hätten wir ein bisschen glücklich werden können, zumindest war ich mit meinem Job gerade nicht mehr so zukunftsverzagt. Und? --- Nein, nun also Bakterien. Der Weise wägt natürlich ab, sieht die Menschen um sich herum – ich blickte durch den Bus – und denkt sich, andere hat es vielleicht härter getroffen...

Aber es gab auch die andere Möglichkeit, das Additionsverfahren. Das Zusammenschütten der Scheiße zum Badesee für Melancholiker.

Dann lernte ich Olli kennen. Sprechen konnte er auch nicht. Nicht richtig. Jedenfalls wenn Sprechen von Sprache kommt und eine Sprache etwas ist, was nicht einer allein spricht. Olli benutzte Laute, die vielleicht auch Wörter waren, aber sind Laute nicht nur dann Wörter...

„*Gna*", sagte Olli. Oder: „*Wagadag*". Oder: „*Ngi-ngi-gu-ga*". Seine Betreuerin, Franziska Frosina, war der Meinung, es handele sich um Nachahmungen unserer Wörter. Sie zählte die Silben, dachte sich dazu was und übersetzte *Ga-wag-dag* mit Geburtstag. Tatsächlich war Olli elektrisiert von seinem nahenden Geburtstag, der eigentlich immer nahte, spätestens eine Woche nach dem letzten, der ihm schon gut gefallen hatte. Er ließ sich etwa 2000 Mal täglich seinen Geburtstag auf dem Wandkalender zeigen, der im Arbeitsraum hinter Frau Frosinas Schreibtisch hing. Nur wenn sie missgestimmt war und befand, Olli brauche etwas mehr pädagogische Zuwendung, dann lehnte sie es ab, einmal mehr den dick und rot umkringelten 8. Oktober aufzublättern und dem aufwärts lugenden, nicht einmal bis zur Kalenderkante hochreichenden Fremdsprachler zu zeigen.

„Setze Dich hin, arbeite, sonst fällt der Geburtstag ganz aus". Und er setzte sich (was einen Höhenunterschied von etwa 10 Zentimetern ausmachte).

Für vielleicht fünf Minuten arbeitete Olli. Er konzentrierte sich auf die verschieden farbigen Heftstreifen vor ihm auf dem Arbeitstisch. In festgelegter Reihenfolge auf ein Stück weiße Pappe zu schieben. Rot-Gelb-Grün-Blau-Weiß-Schwarz.

Zwei Pfennige pro Stück zahlte ein Büroartikelhersteller. Ein flinker geistig gehandicappter Werkstattfähiger kam so auf fast 50 Pfennige die Stunde Umsatz für die Werkstatt.

Olli kam auf etwa sechs Pfennige. Nach einmal Rot-Gelb-Grün-Blau-Weiß-Schwarz und einmal Rot-Gelb-Grün-Schwarz-Weiß-Schwarz fiel ihm sein Geburtstag ein und mit einem *Aggn-aggn-aggn* rutschte er vom Stuhl, bewegte sich, mit der Zeigefingerspitze zwischen den Lippen nach Zähnen suchend, auf Frau Frosina zu und zeigte mit dem feuchten Finger auf den Wandkalender. Ich saß ganz in der Nähe und beobachtete die Szene, während ich falschfarbige Heftstreifen korrigierte.

„Olli ist heute ganz aufgeregt", erklärte mir Franziska von ihrem Platz aus. „Mehr als sonst. Die Betreuer in der Wohneinheit haben gesagt, er habe sich heute morgen schon versteckt."

„Versteckt?"

„Um nicht mit in die Werkstatt zu fahren und freie Bahn zu haben."

„Freie Bahn?"

„Er haut gerne ab. Büchst aus. Geht auf Reisen. Er ist schon öfter allein zum Bahnhof und in irgendeinen Zug eingestiegen. Und vorher ist er aufgeregt." Sie legte den Kopf schräg, zog die Augenbrauen hoch und zuckte mit den Schultern. „Reisefieber eben."

Ich musste grinsen, als ich mir den kleinen, *Gna-ga-gna* murmelnden Olli im Zug vorstellte. Dazu der Schaffner. Über ihn gebeugt, ratlos.

„Der Knirps ist damals vor 89 sogar mal durchs

Brandenburger Tor gekommen. Irgendwie. Und einmal haben sie ihn am Flughafen erwischt, auf der Railing von einem Flieger, der nach Ägypten sollte..."

Ein Tausendsassa, denke ich. Ein Fernwehmensch. Ein ganz kleiner. Gna.

Am Abend erzählte ich zuhause von Olli. Mir ging sogar durch den Kopf, ihn einmal auf einen Besuch bei uns mitzunehmen, damit Christiane ihn kennenlernen könne. War da ein versteckter Kinderwunsch? Ich sagte besser nichts dergleichen, Christianes Vier-Kinder-Landhaus-Vision war nach wie vor virulent, der Lebenszielantriebsmotor immer latent *startklar*.

Ich stellte mir vier Ollis im Garten hinter´m Traumhaus vor.

„Du müsstest ihn sehen, wenn er auf die Toilette geht...", fuhr ich fort.

Sie schaute mich gedämpft begeistert an.

„Ich meine, er steht auf, zeigt Richtung Klo, und schon auf dem Weg zur Tür fängt er an, sich auszuziehen – Hosenknopf aufmachen, Reißverschluss herunterziehen... Im Gang vor der Toilette hängt ihm die Hose schon in den Kniekehlen, so dass er kaum noch richtig laufen kann. Jeder der ihm entgegenkommt, sieht genau, wo er hin will. Und exakt wenn er da ankommt, ist auch alles bereit, er braucht sich nur noch zu setzen... Ich meine, er ist wirklich reizend, wie ein kleiner Außerirdischer. Man denkt gar nicht, der kann dies nicht und das nicht, sondern der ist einfach..."

Jetzt fehlte mir das richtige Wort. Christiane versuchte zu helfen ---

„Behindert?"

Wir wechselten das Thema. Das zentrale Thema zur Zeit war sowieso HPV. Humane Papillom Viren. Davon gibt´s mehr als 30 Typen.

„Nur zehn oder so sind wirklich gefährlich, hoffnungsschimmerte sie, wahrscheinlich ganz zurecht. Und bei vielen Frauen verschwindet das Zeugs von selbst wieder. Ich lass mich jedenfalls nicht sofort aufschlitzen..."

„Was sagt denn die Schlachtermeisterin?"

„Als sie gemerkt hat, dass ich nicht so scharf auf ihre Messerkünste bin, da faselte sie etwas von Hochfrequenzschlingen, das muss mit Laser zu tun haben."

Ich nickte, obwohl ich davon noch nie gehört hatte. Von Hochfrequenzschlingen, meine ich. Christiane guckte mich plötzlich durchdringend an, was in ihrer abendlichen Post-Kontaktlinsen-Phase durch die Hornbrille noch dramatischer wirkte.

„Du-hu---", dehnte sie mich. „Was ist, wenn ich keine Kinder mehr kriegen kann, danach?"

Dann adoptieren wir Olli, ging mir durch den Kopf, was aber als inadäquate Antwort sofort verworfen wurde. Zugleich musste ich – oh Kunst der Assoziationskette – ans Ficken denken, was wiederum allen Killer-Viren und Hochfrequenzschlingen zum Trotz eine Erektion im Anfangsstadium bewirkte. So einfach ist das.

„Das ist doch gar nicht gesagt. Wenn die doch von selbst verschwinden. Und auch wenn nicht. Erkundige dich erst einmal…", sprach ich so vernünftig wie es eben ging.

„Jaja, erst 'mal abwarten, was? Ich mein´, du würdest es darauf ankommen lassen und gucken, was dabei 'raus kommt."

Na, wenn denn was dabei heraus kommt, dachte ich. Aber sie hatte ja nicht Unrecht.

„Ich habe gesagt: erkundige dich, bevor du über endgültige Kinderlosigkeit jammerst."

„Ich *jammere*?"

Christiane guckte mich an, als hätte ich den Weltuntergang mit einer Schlechtwetterperiode verwechselt.

„*Du* bist doch dauernd von Zukunftsängsten geplagt, weißt nicht, was werden soll, bist lieber melancholisch und blätterst in Tagebüchern…"

Da waren wir wieder. Irgendwie plauschte ich doch lieber über Messerkonisationen und Präkanzerosen. Aber gut.

„Vielleicht sieht man mir an, dass ich das Gefühl habe, diese ganze Gesellschaft ist hohl, und nichts ist wirklich von Bedeutung. Vielleicht prangt es mir in Leuchtschrift auf der Stirn, aber ich *jammere* nicht darüber."

„Nichts von Bedeutung? Wenn du das so siehst... Aber eigentlich..."

-ihr fiel wieder ein, in welche Wunde das Salz am besten zu streuen war-

„...eigentlich bist du doch nur zu träge, dir was von Bedeutung zu suchen."

Jawohl. Andere hatten jahrelang alles getan, um endlich wunderbare und originelle Ziele für ihre weitere Existenz zu formulieren, hatten schöpferische und erschöpfende Diskurse geführt über das Verhältnis von Einzelinteressen und Glückseligkeit aller, hatten sich gemartert mit der Frage nach dem Sinn des Zielesetzens in einer Welt inmitten von ewigem Raum und ewiger Zeit, irgendwo am Rande der Milchstraße.

Herausgekommen war dabei ein Landhaus mit vier Kindern.

Andererseits, sicher, es gab Ziele, vernünftige, richtige.

Und es gab Trägheit.

Dienstagnachmittags war immer leibliche Ertüchtigung angesetzt.

Gegen 14 Uhr versammelten wir uns im Eingangsbereich der Werkstatt. Jeder holte sich seinen

Turnbeutel aus den Umkleideräumen, stand ein paar Minuten blöd herum. Für manche war das Warten schon die schwerste Übung. Sie saßen auf der kleinen Bank neben dem Ausgang, starrten auf den Boden, ihre Oberkörper verfielen in ein unruhiges Pendeln, vor und zurück, immer ein wenig tiefer, bis ich fürchtete, einer werde die Stirn auf die Linoleum-Fliesen schmettern. Carola war dabei. Die dunklen Haarspitzen von Fliehkräften zerzaust, die Hände um die Kante der Sitzbank geklammert. Ich ging zu ihr. Erst bemerkte sie mich nicht, dann blickte sie mich kurz an, verlangsamte das Tempo. Sie schielte mich reizend durch ihre runde Brille an, lächelte und stoppte ab ---

„Na, Caröllchen, meine Gute, gleich gehen wir los..." Dabei kitzelte ich ihr den Nacken. Sie lachte erwartungsgemäß und begann darauf los zu reden. Ein Wortstrom kam mir entgegen. Sie erzählte mir so ziemlich die Geschichte ihres Lebens, besonders wahrscheinlich die Erlebnisse der letzten 24 Stunden, wild gemischt mit aufgeschnappten Redewendungen und abgeguckten Gesten ihrer Betreuer in der Wohneinheit. Da sie schwer nuschelte und leise sprach, den Blick meist gesenkt, verstand ich so gut wie nichts. Aber ich versuchte es. Und wenn ich ein Wort verstand, dann nickte ich. Dirk Blumenstein kam in den Gang gelaufen, den Turnbeutel in der linken, eine Autozeitung in der rechten Hand.

Die Autozeitung war so was wie sein Goldschatz. Wenn er nicht allein war, las er gerne daraus vor. Das heißt, er tat so, als könne er lesen. Die Werbefotos der neuesten Modelle vor Augen, zählte er alle Wörter auf, die ihm dazu einfielen.

Wir waren vollzählig. Also zog ich Carola von der Bank, nahm sie bei der Hand, und wir machten uns auf den Weg zur Sporthalle.

Vom Rand der Halle aus beobachtete ich die Behinderten bei den Übungen, die der Sportlehrer anordnete.

Im Kreis laufen. Caröllchen bewegte sich langsam, aber mit fliegenden Armen, das Gesicht hochrot vor Anstrengung. Olli lief kaum eine Runde, dann verfiel er in ein gleichmütiges Gehen, einen Finger zwischen die Lippen gesteckt und den Blick weit geworfen, so als wären da keine Wände. Wenn ihn der ehrgeizige, rundgesichtige Thomas überholte, drehte er den Kopf zu Olli und schimpfte ihn an, aber Olli schien ihn gar nicht wahrzunehmen. Thomas rückte empört an seinem Stirnband, das ungeheuer professionell aussah, und schickte sich an, die kleine blonde Sabine zu überholen, die kaum schneller laufen konnte, als Olli schlenderte. Sabine war Thomas´ Schwarm. Beim Vorbeilaufen blinzelte er sie an, und ihre mongoloiden Gesichter lächelten einander zu. Ich sah ihnen verträumt zu. Eine bizarre Welt. Unsere. Vielleicht waren diese sporttreibenden Anti-Sportler zu beneiden. Niemand erwartete von ihnen Rekorde. Oder Siege.

Am Ende der Sportstunde gab´s Fußball. Elfmeterschießen. Der Sportlehrer machte den Torwart, die Behinderten versuchten den Ball aufs Tor zu schießen. Caröllchen brachte einen Roller zustande, den der pädagogisch geschulte Torwart wie unhaltbar passieren lies. Caröllchen jubelte scheu und mit flatternden Armen. Olli wurde gedrängt, einen Schuss zu wagen. Vollkommen desinteressiert, den Ball keines Blickes würdigend, ging er zum Elfmeterpunkt, murmelte *Gaggag* und hämmerte den Ball an den Pfosten. Alles jubelte unter dem Eindruck des krachenden Geräuschs, während Olli schon wieder mit dem Rücken zum Tor durch die Hallenwand starrte.

Thomas griff sich den Ball. Stille trat ein. Die Sorgfalt, mit der er die weiße Kugel auf der Markierung ausrichtete, ließ keinen Zweifel am anstehenden Torerfolg. Kurzer Griff ans Stirnband, kurzes, selbstsicheres Lächeln an Sabine gerichtet, dann der Anlauf. Etwa 20 Meter. Sabines Äuglein blinkten. Ihr Thomas stürmte auf den ruhenden Ball, weit ausholende Bewegung des hektisch vorschnellenden Schussbeins --- und doch nur ein Caröllchen-Roller, nur diesmal war der Torwart auf dem Posten und gab den sich schon in Jubelpose werfen Wollenden der Zerknirschung preis.

Tränen.

Ich – ging es mir durch den Kopf – hätte den Ball auch gehalten.

Auf dem Rückweg – bestes Frühlingswetter, die grauen Altbaufassaden in Berlin-Lichtenberg strahlten gleich eine Nuance heller – nahmen Caröllchen und Dirk Blumenstein mich in die Zange. Caröllchen plapperte ohne Luft zu holen, und Dirk wollte ständig wissen, was für ein Autotyp da am Straßenrand parkte. Und der war so ziemlich zugeparkt. Nicht nur Trabanten und Wartburgen übrigens. *Blech und Blut*, alliterierte es mir im Kopf. Sowas wollte Dirk allerdings nicht hören. Ihm reichten ein paar Namen wie Toyota oder Clio oder Ibiza.

Das Erinnerungsvermögen – physiologisch gesehen – zählt für mich Geisteswissenschaftler zu den Mysterien des eigenen Gehirns. Aber ich wette sechs Flaschen Bier, normale Menschen kennen sich da auch nicht besser aus. Erinnerung ist ja an und für sich eine interessante Angelegenheit, und selbstverständlich sieht der Nebenfach-Philosophie-Student in ihr ein konstituierendes Merkmal des in der Welt vegetierenden Geistwesens. Wie aber funktioniert Erinnern? Materiell? So im Strom der Nervenzellenimpulse? Im Gewimmel des biochemischen Kleinstspektakels? Im elektrophysikalischen Molekülgewitter? Wenn mir ein Gesicht plötzlich durch den Kopf geht - was spielt sich da ab? Wenn so ein Bröckchen Vergangenheit an die Oberfläche geschwemmt wird? Sich mir aufdrängt? Und überhaupt, wie kann denn ein Gesicht umgewandelt, abgelegt, in mir selbst gespeichert sein... sagen wir... zum Beispiel... Ollis Gesicht... Olli...

Ich konnte mich einfach nicht erinnern.

Ich konnte mich nur noch erinnern, etwas vergessen zu haben. Das Durchzählen nämlich, das Durchzählen bevor wir von der Sporthalle zurück zur Behindertenwerkstatt sind. War Olli auf dem Weg überhaupt wieder mit dabei gewesen?

Ich konnte mich nicht erinnern.

Gott. Himmel. Scheiße.

Der hinterhältige Zwerg! Vielleicht war der bereits in Adis Abeba. Oder Richtung Cottbus. Per Anhalter durch die Lausitz. Oder unter eine Seniorengruppe gemischt mit dem Reisebus auf Rügen. Der steht schon auf dem Königstuhl und lässt sein *Gnagnaguga* vom Kreidefelsen purzeln.

Aber die Sporthalle ist abgeschlossen. Wir schließen hinter uns ab. Wir sammeln uns auf dem Treppenabsatz vor dem Eingang, zählen durch (normalerweise) und *schließen das Gebäude ab...* Dann geistert der kleine Kerl also die Nacht über durch die Gänge und Waschräume auf der Suche nach einem Weg ins Freie. Der passt natürlich durch jeden noch so winzigen Riss in der Wand...

So oder so, mir gefiel weder die Vorstellung eines frei umherreisenden Olli, noch die Variante eines geistig Behinderten, der, versehentlich nach der Sportstunde eingeschlossen, zu einer Nacht in der Sporthalle verdammt war. Und dann die Betreuer in seiner Wohneinheit! Die würden jetzt schon im Sechseck springen.

Ich saß am Küchentisch. Vor mir mein Lieblingsabendessen (drei Bratwürstchen, Toast und eine Dose Pils – Christiane kam erst spät zurück, irgendein romantisches Filmchen, in dem alles sich ums Heiraten drehte, ständig Abba-Songs liefen und das man sich am besten mit einer Freundin anschaute). Im Flur stand das Telefon auf dem Boden. Ob ich jemanden anrufen sollte. Frau Frosina? Und fragen, ob sie sich erinnern kann? Oder zur Sporthalle fahren und durch den gläsernen Haupteingang spähen? Klopfzeichen machen? Verdammtverdammt.

10

Als ich gegen sieben aufwachte, fiel mir zuallererst Christiane ein. So würde es nun monatelang sein. Ich dachte, so fühlt sich einer, der am Morgen aufwacht und feststellt, dass ihm beide Beine amputiert worden sind. Einen Moment dauert es, dann fällt´s einem wieder ein. Richtig—da war ja diese klitzekleine Operation.

„Warum nicht gleich beide…", hatte ich den Chefchirurgen noch murmeln hören.

Hans-Dieter meinte nur, das sei jetzt eben vorbei. Zu den Akten legen. Außerdem habe sie mich ja auch eingeschränkt.

„Ihre Beine haben sie doch nur behindert, Herr Hollander."

Der Chefarzt beugt sich über die gerunzelte Patientenstirn und lächelt weise.

Ich nicke.

„Und wie lange werde ich sie vermissen? Wie lange diese unangemessene Sehnsucht? Der Irrtum des Nervensystems? Diese Verklärung des Beine-Habens?"

„Ein paar Jahre."

Ich bleibe liegen mit dem sicheren Gefühl nicht die Kraft zu haben zum Aufstehen. Schließlich, so gegen zehn, stehe ich auf. Die Beine sind dran. Aber irgendwas fehlt. Vielleicht nur Klarheit.

Spazieren gehen - erst einmal `raus aus dieser verdammten Ausweichwohnung mit ihren roten Linoleumböden und den bis auf Hodenhöhe nackten Wänden. Dazu kamen Christianes Sachen, die natürlich überreichlich vorhanden waren. Die riesige, gebrauchte Couch im Schlafzimmer, die ich mit Hardy kürzlich noch besorgt und unter Einsatz aller unserer Leisten durch winklige Haus- und Wohnungsflure gestemmt hatte. Oder die Tasse mit dem aufgemalten Weihnachtsmann, die – schräg gehalten – plötzlich ein Weihnachtslied zu bimmeln begann. Oder der Amsterdam-Stadtplan auf meine Schreibtischunterlage geklebt, die Strasse, in der sie die nächsten Wochen noch wohnte mit Kugelschreiber in ein Herzchen gekringelt, daneben eine Randbemerkung in ihrer Großkeilschrift gemalt:

Wir haben schon so viel durchgestanden, wir schaffen auch das noch.

Ich rollte das Plastikding zusammen und trug es in die Abstellkammer. Wegschmeißen brachte ich nicht fertig. Alle ihre Sachen in den Hof tragen und anzünden auch nicht. Erst einmal lief ich los - im Gehen grübelt es sich besser - wie immer das Stück Frankfurter Allee zum Alexanderplatz.

Das letzte Telefongespräch mit ihr war schon ein paar Tage her. Da hatte ich noch für ein Treffen auf halber Strecke, im Ruhrgebiet nämlich, Heimaterde undsoweiter, plädiert. Muss ja nicht alles über Telekommunikationsmedien laufen.

„Das lohnt sich doch gar nicht mehr, in drei Wochen ist Ostern, dann bin ich doch sowieso zurück."

Zuvor hatte ich sogar daran gedacht, einfach in ihr kleines weißes Auto zu steigen und zu ihr nach Amsterdam zu fahren. Hallo Schatz, Überraschungsbesuch. Ich sah mich schon auf dem Parkplatz vor dem Hochhaus übernachten, sie würde mich wohl kaum in ihr Bett lassen.

„Wir treffen uns am Ostersamstag im Ruhrgebiet und fahren zusammen zurück nach Berlin..."

Richtig, wozu die Eile? Schließlich war die Angelegenheit gelaufen. Die Sache gegessen. Aus die Maus, wie Katharina vielleicht gesagt hätte. Nur mein gesamtes Innenleben befand sich noch nicht auf einer Höhe mit dem Ablauf der Ereignisse. Alles was ich am Telefon gehört hatte, erschien mir fremd und verwirrend, es schien nichts zu betreffen, womit ich mich bisher beschäftigt hatte – es betraf lediglich mein Leben insgesamt. Alles. Alles war plötzlich Teil einer Geschichte, die ich offensichtlich nicht verstanden hatte. Alle Einzelheiten ergaben kein vertrautes Bild mehr. Ich hatte eine Fehlinterpretation gelebt, war vermutlich selber eine, und mein Hirn verlangte ebenso vehement nach Wahrheit, wie meine Hormone plötzlich nach Christiane verlangten. Am Frankfurter Tor stand ich verständnislos vor dem über die Kreuzung flutenden Verkehr, vollkommen überzeugt, Christiane noch nie so sehr geliebt zu haben. Tja. Dieses Gefühl ist leider etwas unpassend, wenn man in der Mitbewohnerhierarchie gerade hinter die zwei verhaltensgestörten und steinalten Hauskater abgerutscht ist und weiter unten auf der Beliebtheitsskala allenfalls noch die vier bis fünf Silberfischchen im Badezimmer kommen.

„Es ist grün", hörte ich eine leise Stimme.

Ich sah schräg nach unten. Eine kleine, faltige Frau mit kurzem weißen Haar guckte mich an.

„Es ist schon das zweite Mal grün", ergänzte sie sich.

Ich versuchte, irgendwie zu lächeln und lief los (in der Hoffnung, das mit dem Grün sei eine Falle).

Vergeigt hatte ich alles. Mich viel zu wenig bemüht. Und zu viel nach anderen Frauen geguckt. Mir fielen alle 2500 Situationen ein, in denen ich in den letzten Jahren über Christianes strengen Scheitel hinweg andere Gesichter bewundert hatte, andere Erscheinungsformen potentieller, aber untersagter Geschlechtspartnerinnen. Mir wurde übel angesichts meiner Verworfenheit, ein bisschen jedenfalls. Ich war in der Ich-bin-an-allem-Schuld-Phase.

Der Funkturm am Alexanderplatz ragte in den Milcheishimmel wie ein drohender Zeigefinger. Verpfuschtes Leben, mein Junge. Wer braucht schon neunzehn Semester für ein Studium, das zu nichts taugt. Literaturwissenschaft? Wilhelm *wer*? Ist dir nichts Gescheites eingefallen? Andere hatten Auslandssemester absolviert, waren als Austauschstudenten auf französischen Pazifikatollen Erfahrungen sammeln, fremde Sprachen perfektionieren. Ich hatte es für ein paar Philosophievorlesungen von Essen bis zur Bochumer Universität geschafft und meine Streckenkenntnisse innerhalb des Rhein-Ruhr-Verkehrsverbunds vervollkommnet. Mangelnder Ehrgeiz. Fehlgeleitete Interessen. Studentinnen gucken in der Cafeteria, quasi meinem Wohnzimmer. Das Fiasko war abzusehen gewesen. Und verdient. Nun hatte sich alles wunderbar ergänzt: kein Geld (Ich hatte Christiane die letzten

Tausend Gespartes für die Dutch Mountains geliehen, da irgendein Bafög-Amt in irgendeinem Hannover viel, viel Zeit hatte), keine Arbeit, keine Freundin, keine echten Ambitionen. Alles musste also anders werden. Zielgerichteter. Bisher war ich eine Lusche im Blatt des gesellschaftlichen Seins. Nun galt es, die Spielregeln zu begreifen und ab und zu einen Stich zu machen.

„Entschuldigung..."

Neben mir stand eine Art Gespenst. Ein Mensch undefinierbaren Alters, eine Frau wohl, gestützt auf eine graue Kunststoffkrücke, bekleidet nur leicht und schäbig, dabei so entsetzlich mager, dass ihr Anblick mich augenblicklich mit Furcht und Scham erfüllte.

„Haben sie etwas Kleingeld?"

„Nein...", log ich und sah sie nicht an dabei.

Sie winkelte einen ihrer hautbespannten Knochenarme an und deutete auf einen Bogen Papier, der ihr irgendwie aus der Kleidund rage – ich vermochte es nicht genau zu erkennen, versuchte ich doch ihrem Anblick auszuweichen, wobei ichwie blöde ihre Krücke fixierte.

„Meine Gedichte kennen Sie schon...?"

Gedichte? Um Himmelswillen. Ich konnte mir kaum vorstellen, wie dieser Mensch überhaupt *lebte*.

„Nein... nein... danke..."

Ich starrte jetzt in Richtung Weltzeituhr, als wäre

ich nicht schon unzählige Male gleichgültig daran vorbei gelaufen. *Vorsicht, Berlin-Tourist, bloß nicht stören.* Die dichtende Knochenfrau ging weiter.

Wer war ich, dass ich mich so ernst nahm? Wer war Christiane, dass ihre kleine Umorientierung in Richtung besseres Leben mir gleich wie das Ende aller Dinge erschien?

„Mir scheint, du willst leiden", hatte Hans-Dieter mir gelegentlich zu bedenken gegeben.

„Du organisierst dir das Leiden richtig."

Jajaja. Aber warum? Warum wollte ich jetzt in einem Meer aus Selbstmitleid treiben? Und dann fuhr er fort, mich mit seinem Seziermesserblick zu zerlegen und hatte eine weitere Wahrheit parat:

„Du hast keinen Anspruch auf ihre Liebe."

„Natürlich habe ich den nicht. Ich habe so ziemlich gar nichts mehr."

„Du leidest ja schon wieder."

„Immer noch."

Er seufzte.

„Ich weiß ja, wie weh das tut. Aber vielleicht lohnt sich ja die Mühe, und du packst dein Leben 'mal offensiv an. Es gibt so viele tolle Frauen. Und nicht zu vergessen..."

Hans-Dieter lächelte wie der Chirurg nach dem gelungenen Eingriff.

„Die proletarische Revolution?"

„Ja."

Ich war jetzt auf der Karl-Marx-Allee. Gleich zuhause.

Am Abend kam Katharina. Zu mir. Schwer zu fassen, zumal ich sie weiterhin unfassbar schön fand. Was sollte ich ihr kochen? Ich entschied mich für Kartoffeln, gekocht und geschält, in Scheiben in eine Pfanne geschichtet, zusammen mit zwei zerstückelten Mettwürstchen (in Berlin sogenannte *Knacker* und durch Zugabe von Kümmelkörnern meist geschmacklich ruiniert), dazu ein ganzes Töpfchen Schlagsahne und viel Muskat, frisch gerieben von der Nuss. Alles so lange in der Pfanne gebrutzelt, bis der Muskatgeschmack sich dominant mit dem Mettwurstaroma verbunden und die Sahne dickflüssig zwischen den Kartoffeln klebt.

Christiane war so aufmerksam gewesen, mir am Telefon – neben anderen derlei wissenswerten Informationen – schon zu berichten, ihr neuer Lebensgefährte könne sehr gut kochen. Das empörte mein Gerechtigkeitsempfinden, hatte Christiane doch meine Standard-Mettwurst-Pfanne mit Muskat nie so recht zu schätzen gewusst. Dennoch. Ich hatte Katharina eine Revanche für ihren Gemüseeintopf versprochen. Da erschien mir mein Muskat-Massaker durchaus als erste Wahl. Vielleicht war ich nicht lernfähig, inseitig gelähmt, im Kreativbereich minderbemittelt. Heute bin ich weiter und bereite immerhin Hackfleischaufläufe zu, die wahlweise mit Dosensauerkraut oder zerhackten jungen Möhren veredelt sind. Aber damals fehlte mir aufgrund der Umstände die Kraft für kulinarische Innovationen.

Katharina hatte sich das braune Haar so ungeschickt wie möglich durch kleine Zöpfchen verunstaltet, die ihr wie Teufelshörnlein vom Kopf abstanden. Natürlich sah sie damit bezaubernd aus. Sie entledigte sich ihrer klobigen Straßenschuhe im Flur und folgte mir auf schwarzen Socken in die Küche. Die Wohnung lag weitgehend in gnädigem Dämmerlicht.

„Sieht alles ganz grauenhaft aus hier", versicherte ich ihr. „Licht lohnt sich überhaupt nicht. Vielleicht beim Essen etwas."

In der Küche schmatzte noch die Sahne in der Pfanne, kurz vor der Gerinnungsphase. Mein Magen fühlte sich jetzt schon an wie püriert, was aber an Katharina lag, mehr jedenfalls als an irgendwelchen kulinarischen Selbstzweifeln.

„Ich hab´ Freunden von dir erzählt. Von dem Herrn Doktor."

Sie überblickte kurz die zusammengewürfelte Kücheneinrichtung im Halbdunkel.

„Wie du mich angesprochen hast. Die fanden das alle mutig. Die hätten sich dabei in die Hosen geschissen."

Jau, ich war ein Held. Ich machte eine Geste

mit beiden Händen, die ausdrücken sollte, dass Wagemut selbstverständlicher Bestandteil meiner Persönlichkeitsstruktur war. Allerdings hatte ich mein Pulver im Hotelfoyer schon weitgehend verschossen. Oder hemmte mich nun der rätselhafte Gedanke, im Falle der Wahl – eine zugegeben nicht ganz realitätsnahe Annahme – doch lieber mit Christiane zusammen sein zu wollen? Katharina war wunderbar. Aber mein Selbstbild war gerade eher von Niederlagen geprägt. Derzeit kam ich mir nicht vor wie der unwiderstehliche Spitzenstecher, und so schien es vollkommen einleuchtend, Katharina ein wenig *zu* wunderbar zu finden. Ich würde mangels aller anderen Qualitäten die Rolle des faszinierenden Intellektuellen spielen müssen, und da Katharina so schön war wie nicht blöd, so versprach diese Strategie eines auf alle Fälle zu werden: anstrengend.

„Darf ich einen Blick in deine Arbeit werfen, während du fertig kochst?"

Sie meinte meine Doktorarbeit. Mein Dissertationönchen. Meine Erntearbeit. Die Sammlung Spreu. Einen Moment später hockte sie im Schneidersitz auf dem Boden zwischen Schreibtisch und Schallplatten, die Blättersammlung im Schoß und las:

Das politische Unbewusste artikuliert sich schon in den Bildern der Exterritorialität und der Poesie als Jenseits der

Welt, das sich nur in der Spannung zur schlechten Wirklichkeit denken kann. Die Kunstautonomie ist das Sekret der politischen Vernunft, die heillos mit sich selbst zerstritten ist.

„Klingt schlau", stellte sie fest.

Ich fand, es klang eher nach meinem Fremdwörterlexikon. (Ich hatte ein Exemplar, in dem fehlten die Seiten mit den Wörtern von *kompetent* bis *Krudität*. Die hatte ich in der Bibliothek kopiert und meinem Buch beigelegt, denn natürlich traf ich dauernd auf lustige Dinger wie *Konzetti* oder *Konfabulation*.) Katharina zitierte noch einen Happen Deutsch für Titelanwärter:

Und der Widerspruch zwischen Kunst und Gesellschaft ist ein immanenter: die Spannung zwischen poetischer und nicht-poetischer Funktion des Kunstwerks prägt seine konkrete Gestalt, sie ist Konstituens des Einzelwerks, aber auch seine Immunschwäche gegenüber der Realität.

Ich lächelte gequält. Meingott, ich fand´s ja nicht falsch, es klang nur so. Katharina sah den Fall offensichtlich anders herum.

„Da fehlt das Wichtigste!"

Bevor ich eine fremdwortfreie Entgegnung zusammen hatte, legte sie das Papierhäufchen zur Seite.

„Hunger hab´ ich jetzt", erklärte das Teufelsgehörnte elementar. Nickend folgte ich ihr in die Küche (wie ist es möglich, einem solchen Weib dabei nicht auch noch auf die jeanshautbezogenen Gesäßbacken zu starren?).

Beim Essen aber kam ich darauf zurück.

„Was ist das Wichtigste?"

Sie führte ein mit der Gabel aufgespießtes Kartoffelstückchen an die Lippen.

„Natürlich..."

Ich blickte recht gespannt auf ihren Mund.

„Natürlich...", wiederholte sie schluckend und verzog keine Miene.

„Das Wichtigste ist doch wie bei uns allen..."

Katharina schien vollkommen desinteressiert zu sein an der Frage, was sie da eigentlich aß. Vielleicht war sie ein Mensch, der dem Gedanken eindeutig Vorrang einräumte gegenüber flüchtigen Sinneseindrücken?

„Jeder strebt doch nach einer erfüllten Sexualität."

Das kam ein bisschen plötzlich. Ich ließ meine aktuelle Hypothese rasch im Stich und versuchte meine gesammelten Kenntnisse über Wilhelm Reich zu vergegenwärtigen. Vorerst guckte ich sie verständnisvoll an und rollte aufmunternd mit den Augen, was so viel bedeuten sollte wie: *ich weiß genau was du meinst, aber sprich ruhig weiter.*

„Ich meine, was nützt das ganze Brimborium mit politischer Vernunft und Kunst und Gesellschaft und was weiß ich noch alles, wenn alle zu verdreht sind, um überhaupt glücklich sein zu können...?"
Sprach sie von mir?
„Nietzsche etwa, dem fehlte einfach eine Frau..."
Sie sprach von mir.
„...dann wäre ihm manches erspart geblieben."
Einen winzigen Moment fragte ich mich, ob ich gerade die Gelegenheit versäumte, ihr in einem Ausbruch freier Liebesfähigkeit zu beweisen, dass mit mir triebpsychologisch alles in bester Ordnung war.
„Mag sein", gab ich statt dessen und weise von mir. „Aber manchmal schafft das Leiden an sich selbst die Vorraussetzung zur Erkenntnis. Und manchmal kann der Einzelne nur glücklich leben, wenn die Verhältnisse sich verändern. Und dazu muss man sie erst einmal verstehen..."
Sie kaute still, offensichtlich mein Ausweichmanöver bedenkend.
„Ich bin sicher nicht zufrieden damit zu leiden", lenkte ich ein. „Aber auch die Veränderung des eigenen Lebens erfordert zunächst die Einsicht darin, wer oder was man ist."
Sie spießte eine Mettwurstscheibe auf und nickte, das schöne Gesicht mir zugewandt.
„Und wer oder was bist Du?"

Nun gedachte ich, poetisch zu werden.

„Wie ein Blitzschlag."

Sie guckte skeptisch.

„Hoppla", sagte sie, und dann kam doch noch ein Lächeln.

„In einer bestimmten Hinsicht."

„In welcher?"

„Ein Blitz bewegt sich von oben nach unten, immer auf der Suche nach dem Weg des geringsten Widerstandes. Und um schließlich im Boden zu enden..."

11

Neunzehn Uhr. Ich hatte gestern schon vergeblich gewartet. Vielleicht hatte sie sich im Tag vertan. Wahrscheinlich nicht. Vielleicht würde sie gar nicht mehr anrufen. Aber ihre ganzen Sachen! die Katzen und die Silberfischchen. Ich saß wieder am Küchentisch. In der alten Küche. Die mit den Biervorräten, obwohl die auch langsam erschöpft waren. Den ganzen Nachmittag hatte ich gegrübelt, was noch sagen. War noch Rettung? Ich hatte nur Worte. Meine Schüchternheit hatte ihr einmal gefallen. Nun fehlte mir die Zuversicht, meine Beschränkungen glaubwürdig als zeitlose Klassiker verkaufen zu können. Das Telefon ist nicht das ideale Medium, wenn einem die Worte fehlen.

Es klingelte. Ich hob den Hörer ans Ohr als sei er ein bissiges Fretchen.

„Hallo, ich bin´s..."

Ich saugte Luft ein, wie ein Erhängter. Da kennt

man sich jahrelang, geht gleichzeitig ins Badezimmer (was ich aber nie so recht mochte), und nun krampften sich die Eingeweide zusammen beim Versuch, mit ihr zu telefonieren.

Kann man einatmend sprechen?

„Hallo", haspelte ich.

„Wie geht´s dir?"

Himmel. Wie ging´s mir? Schlecht? Ziemlich schlecht? Total beschissen? Besser nicht die Karten auf den Tisch legen. Nicht gleich den Jammerlappen geben.

„Blendend".

Sie überging die zarte Andeutung von Ironie und begann gleich mit dem Wesentlichen.

„Wir hatten gestern auch die erste körperliche Annäherung..."

Ich blickte blind vor mich hin, als nehme die akustische Wahrnehmung alle Kräfte in Anspruch.

„So."

„Ja, ich weiß, ich wollte doch anrufen. Tut mir auch leid. Weißt du, ich hatte wirklich ein schlechtes Gewissen. Nicht so wegen dem Körperlichen. Sondern weil ich nicht um sieben angerufen habe..."

Mensch, verstehe ich doch. Da kommt´s über einen, der Rausch zweier artverwandter Seelen, die sich endlich in den Armen liegen (in den Armen liegen, ha!).

„Und, wie war´s?"

Die Frage war nun wirklich blöde. War ich ihre gute Freundin, die gespannt war auf die neuesten Geschichten?

„Ja – naja – also, als es dann soweit war, da – na, du weißt schon – da konnte er nicht. War vielleicht zu plötzlich..."

Was?? Was erzählte sie da? Und warum?

„Du meinst, er..."

„Ja."

„Und?"

„Mach´ dir jetzt bloß keine Hoffnungen..."

Natürlich nicht. Das gibt sich. Ist ja auch nicht so wichtig. Herrje, selbst wenn er keinen Schwanz hätte, würde sie tausendmal lieber mit ihm zusammen sein. Vernünftig war´s ja. Vernunft ist überhaupt eine Konstante der Weltentwicklung.

„Also, ich ruf´ dich am Wochenende wieder an. Sonntag."

„Ja, sicher."

„Neunzehn Uhr?"

„Neunzehn Uhr."

12

Christiane ist damals nicht an Gebärmutterhalskrebs gestorben. Nicht einmal eine Konisation hat sie vornehmen lassen. Ich glaube, eine andere Frauenärztin hat die Befunde wesentlich gelassener interpretiert. Jedenfalls lebt Christiane heute noch, in Berlin, soweit ich weiß. Die kleine Sabine, die mondgesichtige blonde Sabine, lebt nicht mehr. Ihre Lebenserwartung sei sowieso gering gewesen. Bei solchen Leuten ganz üblich. Im Frühjahr, nach meinem Ausscheiden als Behindertenbetreuer, war sie wieder an einen grippalen Infekt geraten und dieses Mal nicht zurück in die Werkstatt gekommen. Nie mehr. Ich erfuhr es im Sommer bei einer Urlaubsvertretung, meiner ersten und letzten und einzigen nach den Tagen und Wochen und Monaten der großen Veränderung. Der unerwartete Anruf des Werkstattleiters hatte mich in zweierlei Hinsicht gerettet. Finanziell, da ich in der Altenpflege kaum was verdiente, und vor dieser Arbeit überhaupt. Ich hatte davon noch weniger Ahnung als vom geistig Behinderte Betreuen. Und im Pflegedienst ließ sich die wuchernde Melancholie meines kraftvoll vor sich hin metastasierenden Trennungsleids ausgezeichnet ergänzen mit den deprimierenden Einblicken in das Leben alter Menschen, die anscheinend nur noch in der Hoffnung lebten, bald tot zu sein.

Drei Monate hatte ich aber durchgehalten in der mobilen Altenpflege. Und zuerst mal das Vorstellungsgespräch überstanden: Private Pflegestation. Zwei kleine Büroräume im ersten Stock, Aufenthaltsraum und Schlüsselzentrale im Keller. Die nahmen mich. Die nahmen wahrscheinlich so ziemlich jeden, der für 14 Mark die Stunde bereit war, Kot zu kratzen und Windeln zu wechseln. Am nächsten Tag traf ich mich vor Ort mit Rita. Rita war fünfzig. Eine tatkräftige Frau. Waschen, windeln, kochen, kein Problem. Ich war dagegen ein schöngeistiges Nichts. Die Behindertenbetreuung war mein Pfund. Aber in der Werkstatt ging, wer – im weiteren Sinne – gehen konnte. Die anderen lagen in irgendwelchen Winkeln und existierten. Die lernte ich nun kennen.

Nachdem sich Rita ein wenig darüber gewundert hatte, warum ich – noch dazu ein junger, akademisch anmutender Mann – wohl in der Altenpflege arbeiten wolle, und ich im Gegenzug nicht in der

Stimmung war, es ihr zu erklären (wie auch, wahrscheinlich hätte ich mich selbst nicht verstanden), stiegen wir in ihren alten, roten Ford Fiesta, und sie fuhr uns zur ersten Wohnung. Ich fühlte mich äußerst seltsam. Ich wusste, was mich erwartete und hatte doch keine Ahnung. Ich wollte nicht und kam dennoch nicht auf die Idee, mir einen anderen Job zu suchen. Man nennt mich auch den Großmeister der ungenutzten Möglichkeiten, das unterirdische Streifenhörnchen, das schon gerne auf einen Baum klettert, dem aber der Wald zu groß und unheimlich ist. Ich richte mich gerne ein, genau da wo mich das Universum hat hinplumpsen lassen. Es war ein fünfstöckiger Neubau genau an der Grenze zwischen Kreuzberg und Neuköln.

„Frau Mahler ist eine reizende alte Dame. Ganz lieb und geduldig", stimmte mich Rita ein beim Auf-den-Fahrstuhl-Warten.

„Sie liegt noch im Bett und wartet auf uns. Hoffentlich nicht ganz vollgeschissen."

Sie lächelte.

„Erst einmal bringen wir sie ins Bad. Wach is´ sie schon. Sie hat einen Radio-Wecker. Radio Paradieso. Hört sie gern."

Der Fahrstuhl kam. Ich zog an der Metalltür mit dem kleinen Sichtfenster.

„Dann Betten machen. Die Leiterin kommt manchmal kontrollieren. Selten, aber besser aufpassen.

Wir stiegen ein und aus. Rita stand vor der Wohnungstür und kramte in ihrer Anoraktasche. Am Schlüsselbund hingen ungefähr vierhundert Schlüssel. Als ich hinter ihr in Frau Mahlers Wohnung eintrat, traf mich der Geruch unvorbereitet. Es roch nicht nach Kot, es roch nach Putzdienst und Medizinschrank, nach Hilflosigkeit. Die Leere eines Wohnungsflurs, wenn nur im Schlafzimmer noch etwas Lebendiges liegt - und wartet.

Frau Mahler war winzig. In Fötenhaltung lag sie auf der Gummimatte. Rita flötete ihren Morgengruß und streichelte der Greisin die Stirn. Dann drehte sie die alte Frau auf den Rücken und half ihr in eine sitzende Position. Rita stellte mich vor.

„Der junge Mann hilft uns heute. Das ist doch schön, was, so ein junger Mann am frühen Morgen..."

Frau Mahler lächelte über die Anzüglichkeit und schaute mich an. Ich lächelte zurück. Vom Leben zum Tode gebeugt. Ich empfand eine gewisse Äquivalenz in unserem jeweilig beschissenen Zustand. Keine Minute hatte ich Christiane bisher vergessen. Ich trug seelische Windeln, denn ich konnte mein Selbstmitleid nicht zurückhalten. Liebesleid lähmte mich. Ich konnte mich kaum bewegen, entspannt in die Zukunft zu schauen. Mich hatte das Verliererbewusstsein wie ein Schlaganfall getroffen.

Ich lächelte noch immer.

„Erst eincremen, dann aufs Klo. Wir machen so lange Frühstück", erklärte mir Rita und schwenkte eine Tube Salbe.

Wir stiegen wieder in Ritas rotes Auto. Frau Mahler saß jetzt in ihrem Rollstuhl im Wohnzimmer. Der Fernseher lief. *Melodien für Millionen.* Vor ihr auf dem Tisch stand ein Schälchen mit Keksen und ein bunter Porzellanbecher halbvoll mit Pfefferminztee.

„Wenn wir nachmittags wieder hingehen, dann schläft sie im Rollstuhl."

Rita fuhr los. Ich hatte Frau Mahler im Badezimmer gewaschen und gewindelt.

„Ging doch gut", meinte Rita.

Frau Mahler hatte sich ans Waschbecken geklammert, während ich mit dem Waschlappen zwischen ihren Beinen fuhrwerkte. Innerlich war ich weit weit weg. Ich empfand nur Fleisch. Nutztiere im Stall sauber spritzen. Schlachtung vorbereiten. Ich weiß nicht, mein Innenleben war eine Ratte, eingequetscht im Beziehungsmüll. Arme Frau Mahler, die hatte mich nicht verdient.

„Jetzt fahren wir zu den Schwestern am Kottbusser Tor."

Die Schwestern waren zwei alterslose Wesen mit bizarren Gesichtern, offensichtlich geistig behindert, die eine scheu, die andere zutraulich, fähig, allein in einer gemeinsamen Wohnung zu leben. Und allein aufs Klo zu gehen. Ich saugte Staub. Rita kochte. Die ganze Zeit beobachtete mich die scheue der Schwestern zusammengekauert in einer Sofaecke, halb versteckt unter einem Berg blauer und grüner Kissen. Wenn ich ihr zu nah kam, robbte sie mitsamt Tarnmaterial in die andere Ecke.

Am nächsten Wochenende war Ostern. Ich würde ins Ruhrgebiet fahren und dort Christiane treffen. Wiedersehenszeit. Dann gemeinsame Fahrt zurück nach Berlin. In mir gaukelte die Wahnvorstellung, ein neuerliches Zusammenwohnen könne noch etwas bewirken. Um Dynamik und Eigeninitiative zu demonstrieren, hatte ich rechtzeitig das Projekt Schöner-Wohnen angestoßen und damit begonnen, das kalt-düstere Badezimmer neu zu gestalten. Ich hatte zwei große blaue Betttücher gekauft, blaue Farbe und Metallklammern zum Aufhängen (der Betttücher). Das Ziel waren Meer und blauer Himmel. Das Ergebnis war eine klaustrophobisch abgesenkte Decke und eigenartige Farbformationen an der Wand neben dem Klo.

Ich hatte Christiane auch geschrieben. Einen absurd verständnisvollen Brief, der am Ende in den Irrsinn abglitt. Wie gern ich sie doch auch heiraten und mit ihr Kinder zeugen würde. Danach begann ich eine Postkartenserie mit Katzenmotiven und eine sich von Karte zu Karte entwickelnden Liebeserklärung auf der Rückseite. Den Text weiß ich noch genau, aber ich würde mir lieber beide Beine abhacken lassen, als den Unsinn noch einmal zu wiederholen. Es wurde später auch nie ein Wort über meine postalischen Bemühungen verloren.

Am Ostermontag fuhr ich mit Christianes Fiat Panda – der einzige Autotyp unter der Sonne, den ich bis heute auf 1500 Meter Entfernung und im Gegenlicht sofort erkenne – bei ihren Eltern vor. Ich glaube, ihr Vater machte sich nicht einmal die Mühe, den Ton des Fernsehers abzustellen, als ich das letzte Mal in meinem Leben ins Wohnzimmer der Familie kam. Hier hatten sie mich mit Weinbrand zugeschüttet und mir ein unsägliches Rotweinglas mit meinem eingravierten Vornamen geschenkt. Nach drei Minuten war ich mit Christiane wieder im Auto. Wir fuhren zum Fluss. Spazieren. Das Ritual des Redens. Natürlich war sie mir erschreckend vertraut. Und zugleich ein mir unbekannter Mensch. Jenseits der Inszenierung der Intimität waren wir nur noch Erinnerungsbekannte. Keine Erwartungen mehr. Keine nennenswerten. Von ihrer Seite zumindest. Wir liefen am Wasser entlang. Ich wollte ihre Hand halten. Widerstrebend überließ sie mir ihre Rechte für ein paar Meter Kiesweg. Wir setzten uns auf eine kleine grasbewachsene Anhöhe. Ich blickte geradeaus ins Unbestimmte.

„Guck´ `mal...", unterbrach Christiane meinen meditativen Versuch, mir selbst alle Individualität auszulöschen und mit dem unendlichen Nichts zu verschmelzen. Ich guckte. Sie hielt mir die linke Hand hin. Sie trug einen neuen Ring. Erkannte ich sofort. Ein Ring mit einem aufdringlich aufragenden Diamanten.

„Wir sind verlobt...", erklärte sie ohne Anflug von Verlegenheit.

„Das ging aber schnell", stellte ich scharfsinnig fest.

„Ja."

Was sollte ich sagen, um den Lauf der Dinge aufzuhalten. Mir fiel nichts Monumentales ein. Vielleicht sollte ich sie beschimpfen. Ihre Zukunftsdynamik für genau so neurotisch erklären wie meine Winterschlafmentalität gegenüber den Erfordernissen von Arbeitsmarkt und Familienplanung.

Wochenlang hatte ich nur mit lebensnotwendigen Unterbrechungen wie Tiefschlafphasen über Christiane, über mich und über uns beide nachgedacht, und nun saß ich das erste Mal wieder neben ihr und konnte allenfalls Banales von mir geben. Wahrscheinlich hatte sie Recht. Ich war ein Fehlschlag. Ein fehlerhaftes Detail im Beziehungsplan.

„Er hat schon ein bisschen wenig Haare und einen kleinen Bauch", hörte ich sie unaufgefordert erzählen.

Sollte das heißen, sogar ein impotenter, fetter und haarloser Enddreißiger war immer noch das goldene Los verglichen mit mir?

„Und wie findet er dich, so klein und pummelig?"

Ich konnte nicht anders. Aber es war eine matte Geste der Gegenwehr.

„Er findet das weiblich", parierte sie mühelos.

Für den Rest unseres kleinen Osterspaziergangs verzichtete ich auf weitere vergebliche Versuche der Auseinandersetzung und ergab mich in dieses absurde Gefühl der Wiedersehensfreude, das mir unter der Bauchdecke klebte und manchmal sogar etwas tiefer. Schließlich fand ich sie auch nicht direkt unweiblich. Also erzählte sie mir lustige Geschichten über ihre Zukunft. Vielleicht gehe sie mit nach Neuseeland, obwohl sie ja nicht gerade ein Naturfreak sei. Und ihr geliebtes Berlin! Vielleicht eine Eigentumswohnung in Berlin als zweites Standbein.

Das Schlimmste war – ich fand´s trotzdem schön, mit ihr zusammen zu sein. Wir saßen vor irgendeinem Ausflugscafé in der Sonne, hatten Trinkschokolade mit Sahnehäubchen bestellt und plauderten – sie – halbwegs – ich – als wären wir längst die guten Bekannten, wie in ihrem neuen Lebensablaufsplan vorgesehen. Als sie aufs Klo ging, guckte ich ihr in friedlicher Trägheit auf den Hintern und war bereit, mein bisschen Restwürde für ein gelegentliches Tässchen Kakao hinzugeben. Ich bin der kompletteste Idiot, den ich kenne. Und ich kenne einige.

Zwei Tage später fuhren wir gemeinsam zurück nach Berlin.

Es wurde eine Scheißzeit. Wahrscheinlich weil ich immer mehr erwartete, als Christiane zu geben bereit war. Sie wollte ihre goldglänzende Zukunftsperspektive nicht durch überflüssige Sentimentalitäten wie zum Beispiel gemeinsame Mahlzeiten oder längere Gespräche mit mir gefährden, mich womöglich noch ermutigen, an eine Wende der Geschicke zu glauben. War der Kurs einmal geändert, dann konnte man in ihrem Kielwasser bequem ersaufen. Na gut, vielleicht stellte ich mich auch ein bisschen schwierig an. Etwa, als ich am ersten Abend davon ausging, die Nächte auch weiterhin in ihrem Ikea-Doppelbett verbringen zu dürfen. Im glänzenden, weißen Pyjama (hatte ich noch nie an ihr gesehen) und mit einem Steiftier-Schaf zwischen die zwei Matratzen geklemmt hatte sie mich aus dem Zimmer verwiesen. Mein neues Nachtlager war ihre bretthartte Liege im Nachbarzimmer.

Wahrscheinlich war das steife Schaf von ihrem zukünftigen Gatten. Ich dachte jedenfalls sofort an eine ungeheure vierbeinige Population auf Neuseeland und erkannte das Schaf als Nationalsymbol.

Mir kamen erste Zweifel an meiner Theorie, eine Phase erneuten Zusammenlebens werde die Sache schon regeln. Und zur aktuellen Badezimmergestaltung hatte Christiane auch kein Wort verloren.

Immerhin hatte ich einen neuen Job. Schon kurz vor Ostern war der Anruf von der Pflegestation gekommen. Ich war fürs zweite Aprilwochenende eingeteilt. Dienstplan und so weiter am Abend vorher bei der Dienstzentrale im Keller abholen. Mein Einsatzleiter, ein kleiner Dicker mit Vollbart, der die ganze Zeit eine Tasse in der Hand hatte, saß hinter einem mit Zetteln, Schlüsseln und Telefonapparaten überhäuften Schreibtisch.

„Kaffee?"

Ich schüttelte den Kopf.

Er kramte in den Zetteln, nahm einen Schluck und fand die Namensliste für meine erste eigene Runde.

„Die Frau Krieg", las er vor. „Sehr alt. Muss im Bett gewindelt werden. Kann nicht mehr so recht. Aber nett. Trinkt gern `mal eine halbe Büchse Bier aus der Schnabeltasse. Die andere Hälfte können Sie ja dann."

Beim zweiten Namen schmatzte er mit den Kaffeelippen.

„Der Herr Rastmann. Hat ein Holzbein. Ist

morgens anzubringen."

Ich nickte dumpf.

Es war Freitagabend. Für Unterhaltung am Wochenende schien gesorgt.

„Und dann noch die Frau Krüger. Nichts Aufregendes. Kann alleine aufs Klo. Sieht nur kaum was. Fast blind. Ein bisschen vorsichtig sein."

Um sieben Uhr früh am Samstagmorgen also würde ich erst bei Frau Krüger klingeln, Frühstück machen, dann in die kleine Neubausiedlung radeln und Frau Krieg wecken. Gegen halb zehn den einbeinigen Herrn Sass aus dem Bett holen. Schließlich zurück zu Frau Krüger, Mittagessen machen, Küche in Ordnung bringen.

„Der Sass ist etwas schwieriger. Besonders bei Frauen. Psychotische Paranoia. Na, Sie werden´s ja sehen."

Mein kleiner dicker Einsatzleiter hielt mir mit dem Wird-schon-alles-klappen-Blick die Adressenliste hin. Als ich sie ihm abgenommen hatte, war seine Hand für die Schlüssel frei. Er suchte mir drei passende zusammen und gab sie mir.

„Ich glaub´ das wär´s. Die Schlüssel am Sonntag dann wieder zurück. In den Briefkasten. Noch Fragen?"

Dutzende. Zum Beispiel, wie befestigt man ein Holzbein? Oder wie windelt man eine alte Frau im Liegen? Oder: warum bin ich plötzlich mobiler

Altenpfleger? Ich nahm meine Fragen ungestellt mit und beschäftigte mich in der Nacht damit. Während ich auf Christianes Betonliege lag und in Erwartung der anstehenden, sozial wertvollen, schlecht bezahlten, aber sicherlich sehr befriedigenden Tätigkeiten vor lauter Schiss nicht schlafen konnte.

Früh um halb sechs stieg ich auf mein 50-Mark-Fahrrad. Das hatte ich letzte Woche besorgt. Auf eine Anzeige hin. Irgendwo draußen in Karlshorst gab´s einen Bastler, der aus Schrott fahrbaren Schrott machte. Als ich das Ding an der Einfamilienhauswand lehnen sah, hatte ich noch die Hoffnung, das sei ja wohl die Vorher-Variante. Nachher wusste ich´s besser, aber der Mann, der auf mein Klingeln hin um die Ecke und vermutlich aus seinem Geräte- und Bastelschuppen kam, weckte mit gezielter Leidensmiene meine Solidarität und erklärte:

„Alles tipptopp. Fährt einwandfrei. Und außerdem bin ich arbeitslos. Und das in meinem Alter!"

Also bezahlte ich ihm das fahrradähnliche Gerät und radelte zurück, ohne mir einzubilden, irgend etwas richtig gemacht zu haben, aber immerhin konnte ich von den 50 Mark sofort die gesparte Busfahrkarte abziehen. Etwa auf halber Strecke begann ein Radlager zu knirschen. Kurz darauf drehte die Pedalwelle alle paar Umdrehungen mit einem widerwärtigen Quietschen durch. Ich schaffte es bis zum kleinen Fahrradladen bei mir um die Ecke. Drei Tage später konnte ich es für weitere 50 Mark und mit neuem Radlager abholen. Das sollte einem die Verkehrssicherheit schon wert sein.

Ich fuhr also los. Richtung Oberbaumbrücke.

Frau Krüger war weder besonders alt, noch wirkte sie verwirrt. Sie war nicht einmal wirklich blind, jedenfalls sah sie noch ein bisschen was, ich wusste nur nie so recht, wie viel. Sie trug auch keine schwarze Brille. Und keine Altersdauerwelle. Ihre Stimme klang klar und resolut, manchmal etwas ungeduldig, wenn sie mich ausfragte, während ich in der Küche stand und sie nebenan auf dem Sofa lag. Oder saß. Jedenfalls auf dem Sofa.

„Und wann hat dich die Kleine fallen gelassen, Bürschchen?" wissbegierte sie, und dann, neugieriger noch:

„Warum überhaupt?"

„Hat jetzt einen, der mehr Geld hat", vereinfachte ich die Sache etwas.

„Na, selbst schuld."

Ich fragte nicht nach, wen sie meine, sondern wartete auf die nächste Frage, während ich ihr Hüttenkäse auf die Pellkartoffeln verteilte.

Sie erzählte auch von sich. Ihr Mann sei Pianist gewesen. Jetzt sei er tot. Schon länger. Sie klang nicht weiter bekümmert darüber. Ich saß auf der anderen Seite des Tisches, ihrem Sofa gegenüber und nickte, obwohl ich davon ausgehen konnte, dass Nicken kein geeigneter Kommunikationsbeitrag mit einer So-Gut-Wie-Blinden war.

„Das nächste Mal machst du dir auch ein paar Kartoffeln. Und wenn du Hüttenkäse nicht magst, dann eben mit Butter, ja, Bürschchen?"

Ich nickte und sagte mein ja-klar-mach´-ich-doch, um sie nicht zu enttäuschen. Sie wollte immer, dass ich auch von ihren Kartoffeln probiere. Sie wollte immer nur Kartoffeln. Vielleicht `mal mit Spargel, aber das besorgte Cornelia, die Frau, die wochentags zu ihr kam, kochte und einkaufen ging.

„Warum wohnt ihr denn noch zusammen?"

„Keine Ahnung", gab ich vor. „Ist nur bis ich was anderes gefunden habe."

„Machst du mir meine Tropfen, Bürschchen?"

Ich machte. Zwanzig Tropfen in ein kleines Glas mit Apfelsaft. Sie trank und starrte mich an, als sei Sehen irgendein überflüssiges, neumodisches Zeug.

„Du musst jetzt zur nächsten alten Frau. Die wartet schon. Zu wem musste denn?"

Frau Kriegs Kot war schwarzes Öl. Viel war´s nicht. Ich machte alles weg, nachdem ich mich kurz vorgestellt und für die nötige Vertrautheit gesorgt hatte. Wer lässt sich schon gern von Fremden windeln. Dünn und zusammen gekrümmt reagierte die alte uralte Dame zunächst kaum auf meine Reinigungsattacke. Sie schlief noch halb. Es liegt ein gewisser Sinn fürs Grobe darin, Menschen in aller Frühe aus dem Schlaf zu reißen, die den Tag über nichts weiter zu tun haben als im Bett liegen zu bleiben und abzuwarten, was so passiert. Etwas später – nun vollständig aufgewacht – fing sie an, ganz verständig zu murmeln. Dienstmädchen sei sie gewesen. Immer gearbeitet. Jetzt liege sie da und erinnere sich. An ihr Leben. Mehr könne sie nicht mehr. Aber - sie müsse zufrieden sein.

Ich nickte ihr möglichst freundlich zu, tätschelte sogar ihre winzige Pergamenthand, und ging erst einmal in die kleine Küche nebenan. Ich kam mir vor wie im Zentrum des menschlichen Seins. Am Endpunkt aller Wege der Wahrheit. Letztlich blieben ein paar Erinnerungen, von denen man auch nicht so genau wusste, wozu sie gut waren, aber immerhin vertrieben sie einem die Zeit bis zu dem Moment, an dem die ausgetrocknete Materie, die man selbst war, den kleinen Struktursprung vom Organismus zum organischen Abfall machte. Ich suchte im Kühlschrank nach der versprochenen Dose Bier und beschloss, die zweite Hälfte aus Solidarität selbst zu trinken. Die Reste eines Sechserpacks fanden sich im Gemüsefach. Schultheiß. Auch egal. *Man musste zufrieden sein.* Ich knackte eines der beiden 0,33-Liter-Döschen und goss was davon in die grünliche Plastikschnabeltasse. Ich entschied, aus dem Blechbehälter zu trinken. Das wird eine Party. Ich brachte Frau Krieg ihren Anteil und setzte mich zu ihr aufs Bett. Sie konnte das Tässchen sogar halten. Während ich sie lautstark das Bier saugen und schlucken hörte, überließ ich mich ganz unserem gemeinsamen Schicksal und starrte in der halbdunklen Wohnung ein bisschen vor mich hin.

Dann fiel mir das Holzbein ein.

Ich tätschelte meiner jetzt wahrscheinlich vollständig zugedröhnten alten Dame noch einmal die Hand und erhob mich. Es fisselte, als ich ins Freie kam und auf mein Herrenrad stieg. Sass wohnte ganz in der Nähe. Alles war ganz nah.

Auf dem Fernseher stand ein kleines gerahmtes Bild, das zeigte ihn in Wanderausrüstung. Mitten im Wald, beschäftigt mit Feuermachen. Jetzt lag Sass keine drei Meter von mir entfernt im Bett, einbeinig und unzurechnungsfähig. Ständig holte er seinen Penis hervor und begann zu wichsen. Offensichtlich interessierte ihn meine Reaktion darauf. Kein Wunder, wenn er besonders unter weiblichen Pflegerinnen als etwas schwierig galt. Aber so richtig hoch kriegte er ihn nicht mehr. Ich ignorierte seine aktuelle Tätigkeit und fingerte ebenso unfachmännisch an seinem Holzbein herum, das ich neben seiner Schlafstatt auf einem Stuhl gefunden hatte. Ich erkenne ein Holzbein, wenn ich eins sehe, selbst wenn es aus Plastik ist. Der obere Teil, dort wo der Oberschenkel eingeführt wird, war mit weichem Material ausgelegt und hatte eine Art Klebeverschluss. Oder was auch immer. Jedenfalls ahnte ich nun, wie´s gehen sollte mit der Protheseninstallation. Sass würde mir bestimmt nicht helfen, selbst wenn er gerade Pause beim Rubbeln machte.

Ich ließ Sass erst einmal liegen. Sollte er sich noch ein wenig vergnügen, während ich in der kleinen Küche die Marmeladentoasts zubereitete. Ich hatte gerade das Kaffeepulver gefunden, als von ihm die erste klare Aussage zu vernehmen war.

„Mach´ hinne, Junge!" brüllte er mir zu. Und zwar ganz schön laut. „Gleich!" brüllte ich zurück, was wahrscheinlich pflegerisch nicht besonders wertvoll war. Also ging ich – während das Kaffeewasser durchs Pulver in die Glaskanne sickerte – zum Wohnzimmer hinüber, blieb im Türrahmen stehen und lugte um die Ecke.

„Der Kaffee läuft noch."

Sass starrte mich an und zückte wieder seinen Schlappschwanz. Den Blick grimmig auf mich gerichtet, legte er los. Ich zuckte pädagogisch gleichmütig mit den Achseln und ging die zwei Toastscheiben holen. Die Kaffeemaschine gurgelte leer und fertig.

„Mach´ hinne, Junge!" brüllte er wieder.

Ich trat forsch ins Wohnzimmer, stellte das Frühstück auf den deckenbehangenen Tisch und guckte nach der Beinprothese. Die musste jetzt dran. Ein lustiges Ding, das unten in dem einen von Sass Hausschuhen steckte. Wie unter Männern üblich, packte ich so derb und entschlossen, wie es mir in meinem Leben möglich ist, seine Schultern, um ihn im Bett aufzurichten. Er zitterte und machte ein zischendes Geräusch. Ich versuchte es etwas sanfter. Sein Oberschenkelstummel war wie eine riesige Mortadella vor dem Anschneiden an der Wursttheke im Supermarkt. Ich griff zur Prothese und versuchte, das verstümmelte Ding rasch zu verbergen. Klappte sogar – nachdem ich noch rechtzeitig begriffen hatte, das Kunststoffbein zuerst durch seine braune Stoffhose zu schieben,

Bevor ich wieder zur Krüger musste, hatte ich Zeit, ein bisschen Pause zu machen. Ich kaufte mir eine Tageszeitung, setzte mich auf eine der Bänke am Herrmannplatz und las irgend etwas über einen Mann, der einen Flugzeugabsturz überlebt hatte. Aber er konnte sich an nichts mehr erinnern. Wahrscheinlich hatte er Grauenvolles gesehen. Sterbende Mitreisende. Manche davon brennend. Aber seine Erinnerung verschonte ihn.

Wer weiß, dachte ich mir weiterblätternd, woran alles ich mich *nicht* erinnerte, wenn ich über mich und Christiane nachdachte. Oder was ich nicht weiß und nie wußte.

Kaum eine Woche nach ihrer Rückkehr aus Amsterdam kam Christiane nur noch zum Füttern der Katzen. Sie rief an und erklärte mir, sie müsse sich um die Wohnung einer Freundin kümmern. Und dort schlafen. Dann Stille am anderen Ende der Leitung. Am besten bei Telefongesprächen sind diese Phasen der Ruhe. Wenn nichts mehr zu hören ist und man selbst auch nichts zur Gesprächsfortsetzung beizutragen hat. Ich war schon in der Post-Traumatisierungs-Phase und konnte meinen kleinen Weltschmerzkokon nicht mehr so einfach verbal durchbrechen. Hatte ich wirklich an lange Auseinandersetzungen und abendlange Gespräche bei einer Flasche Wein geglaubt? Und dass wir uns schließlich in der Armen liegen und einander beteuern würden, wie schön die gemeinsame Zeit gewesen sei?

Die Erklärung mit der Wohnung war natürlich Blödsinn. Aber egal, was sie sagte, ich wäre in jedem Fall noch ein bisschen mehr verletzt gewesen. Angelogen zu werden war betrüblich. Aber die Wahrheit war es auch. Christianes angehender Ehemann war nach Berlin gekommen, seine Sehnsucht zu stillen und die noch frischen Bande zu stählen. Und mit mir in einer Wohnung – das war natürlich keine gute Idee. Mich nicht mit dem Paarturnen im Nebenzimmer zu konfrontieren, war fast schon taktvoll. Wenn Takt eine Option in Christianes Verhaltensrepertoire gewesen wäre. So war es der einfachste Weg, dem Blutvergießen aus dem Weg zu gehen, das bei Begegnungen an der Tür zum Bad nicht auszuschließen war.

Ich nahm´s hin. Ich streunte ein bisschen durch die Wohnung, guckte mir hier und da Christianes Sachen an, streichelte eines ihrer Jäckchen an der Garderobenstange im Flur oder tropfte ein Tränchen auf den alten braunen Mantel, den sie noch aufbewahrte und in dem ich sie das erste Mal gesehen hatte. Ich glaube, ich masturbierte sogar in eins ihrer Höschen aus dem Spiegelschränkchen. Aber das war schon ein selten gewordener Anflug von Lebensenergie.

In den nächsten Wochen zeigte sich Frau Krüger zunehmend besorgt um mein materielles – und manchmal auch seelisches – Heil.

„Haste denn noch keine Neue?"

„Nicht so richtig."

Ich dachte an Katharina.

„Ich habe eine Medizinstudentin kennengelernt."

„Ah..."

„Aber da wird wohl nichts draus."

„Nein?"

„Sie ist ziemlich jung. Einundzwanzig. Und einfach zu schön."

„Du kannst ihr nicht genug bieten? Zuwenig Geld?"

Das sicher auch. Aber ich redete gerade nicht von Christiane.

„Noch mehr Hüttenkäse?" versuchte ich den Themenwechsel.

Prompt tadelte sie mich, selbst zu wenig bei ihr zu essen. Ich hatte mir auf eine Untertasse eine einsame Anstandskartoffel gelegt. Mit Butter.

„Du musst bei Kräften bleiben, Bürschchen, für Deine Medizinstudentin."

Da waren wir wieder. Ich nickte. Ich wusste nicht einmal, wann ich Katharina das nächste Mal sehen würde. Sie war verreist. Eine Woche auf irgendeiner Insel mit schwarzem Sand. Mit einer Freundin. Oder wie auch immer. Was ging´s mich an. Jedenfalls hatte sie mir eine Postkarte versprochen. Die würde ich bis an mein Lebensende im 17. Band meiner Tagebücher aufbewahren.

„Brauchst du nicht Teller. Und Tassen?"

Ich hatte ihr von meinen Umzugsplänen erzählt. Weg aus der Wohnhöhle für Masochisten.

„Im Wohnzimmerschrank ist noch so viel davon. Mein Sohn will das bald aussortieren."

Von einem Sohn hörte ich das erste Mal.

„Er kommt zu meinem Geburtstag. Am Donnerstag."

Heute war Sonntag. Und ich arbeitete ja fast nur an Wochenenden. Aber ich bin so ein netter Kerl. Schwer zu ertragen. Aber praktisch für Leute, die mich als Wickelmaterial für ihre Fingerfertigkeit sehen. Oder für funktionale Leerstellen im Beziehungsleben kleiner, dicklicher Frauen. Verlockendes Thema. Ich dirigierte meine nach Autonomie strebende Denkapparatur wieder zurück in die aktuelle Gesprächssituation und formulierte für Frau Krüger ein bedeutendes *Ah, ja* als Antwort. Selbiges ging einher mit meiner Entschlossenheit, am Donnerstag mit ein paar Schnittblumen hier aufzutauchen – aufzulaufen, wie Christiane gesagt hätte - und meiner Lieblingspatientin zum Geburtstag zu gratulieren.

Nachdem ich meinen faustgroßen Schlüsselbund in den enormen Blechbriefkasten meiner Pflegestation abgeworfen hatte, blieb ich auf dem Heimweg an einem Antiquariat stehen. Ich hatte nicht den geringsten Schimmer warum, aber schließlich erwarb ich ein kleines rotes Bändchen mit Erzählungen. Edgar Allen Poe. In Originalsprache mit winzig gedruckten Vokabelhilfen am Seitenende. Die erste, die mich vielleicht sogar zum Kauf bewogen hatte, war *contract an intimacy*. Dieser Moment war der Ausgangspunkt der dauerhaften Laune, einen englisch- oder amerikanisch-sprachigen Text nach dem anderen zu beginnen und mich seitenweise durchs Dickicht mir unbekannter Wörter wie *dud* oder Wendungen wie *going down the drain* zu schlagen. Auf meine Initialisierung durch Poe folgte eine ausgiebige Bekanntschaft mit Chandler, die schließlich in ein festes Verhältnis mit einer Reihe von Auster-Romanen überging. Ich weiß nicht, ob mir diese unvermittelte Leidenschaft das Leben rettete – zumindest bot sie mir die beständige Gelegenheit mich aus den Folterecken meiner Trennungsreflexionen in das kleine Lektürezimmer meiner ansonsten mir meist vollständig entleert und windschief anmutenden barackenartigen Existenz zu retten. Und – natürlich – war es eine wie unbewusst gewählte Möglichkeit, eine geheime Verbindung mit Christiane aufrecht zu erhalten. Während ich diesmal immerhin etwas Produktives dabei zu unternehmen imstande war. Christianes neuseeländischer Geldsack hatte neben allen anderen den Vorzug, ihr au-pair-gestütztes Englisch vervollkommnen zu können, worauf sie stolz war.

„Es fehlt nur noch an Kleinigkeiten", hatte sie mich kurz nach ihrer Rückkehr, wir standen gemeinsam in der Küche, warum auch immer, eingeweiht,

„...ansonsten ist mein Englisch jetzt *per-fekt.*"

Umso entschlossener begann ich, Schulschreibhefte, kleine blaue Oktavhefte und schicke

Kladden in verschiedenen Formaten mit meinen englischen Lektürebröckchen zu füllen. Heimlich. Ich arbeitete im Untergrund an meinen Neurosen. In einem fremden Land in einer neuen Sprache. In meiner guten alten teutschen Zunge fielen mir nur immer dieselben Wendungen ein wie *vergeigt, vertan, verbockt*. Aus der Traum. Dasselbe fremdsprachlich gedacht hatte einen Beigeschmack von Fortschritt und Eigenaktivität. Meine Zentralneurose war die des Versagers. Der einbeinige Stürmer. Frei vor´m Tor und nicht einmal den Ball getroffen.

„Ich will nicht mehr dein Babysitter sein. Deine Schwächen kotzen mich an!" verabreichte mir Christiane gelegentlich, als wir dann doch einmal gemeinsam auf der Betonliege saßen, so zwischen zwei wichtigen Aktionseinheiten ihres Tagesablaufs.

„Ich meine, ich finde dich jetzt nicht völlig widerlich..."

Danke, Schatz. Du bist wirklich so was wie ein Naturtalent, wenn es darum geht, jemanden aufzumuntern.

Ich saß um Worte ringend da, pendelnd zwischen Selbstgeißlung und Gegenangriff, letztlich aber doch nur wie mit ausgestochenem Selbstbewusstsein.

Als hätte Christiane plötzlich bemerkt, dass ein auf dem Boden liegender Gegner kaum noch eine

Vergnügen versprechende Trittfläche bietet, gab´s nun ein paar passende Phrasen für den versöhnlichen Ausklang unseres kleinen Gesprächs.
Jetzt fängt eben was Neues an.
Du hast ja so recht.
Bei der Nächsten passiert dir´s bestimmt nicht wieder.
Darauf kannst Du wetten.
Und dann ihr wohl gelungenster Versuch, mich optimistisch zu stimmen:
Es ist doch bald Sommer, da haben die Frauen wieder kurze Röcke an.
Kannte sie mich besser als ich mich selbst? War ich durchschaut?
Ich brachte es noch auf ein heroisches: Ich will gar keine anderen Frauen (und glaubte auch tatsächlich daran!).
Aber es war nicht Christianes Absicht, über meine ohnehin als debil erkannten Willensäußerungen zu debattieren.
Ich versuchte, mich auf sinnhafte Tätigkeit zu konzentrieren. Zum Beispiel auf anstehende Pflichten als Pflegekraft im mobilen Hilfsdienst.
Am Donnerstag hatte Frau Krüger ihren Geburtstag. Als ich sie das letzte Mal gefragt hatte, wie alt sie denn werde, da kam nur ein Murmeln. Da sie ansonsten laut und deutlich sprach, nahm ich ihre Zurückhaltung als Aufforderung dafür, bei diesem Thema ebenso zu verfahren. Stille, während ich in

der Küche werkelte. Dann wieder, im normalen Tonfall, die übliche Aufforderung:

„Machst du dir auch schön Kartoffeln? Meinetwegen mit Butter, wenn du den Hüttenkäse nicht magst? Bürschchen?"

Am Donnerstag, ich hatte keinen Dienst, machte ich am frühen Nachmittag einen Abstecher in die Prinzenstraße. Das war nicht gerade in der Nähe, aber die Entscheidung war gefallen: Gratulieren, Blumen mitbringen, einer wahrscheinlichen Einladung zum Kaffee plus Tiefkühltorte aber elegant ausweichen. Zeitprobleme. Wer weiß, wer alles da war. Ihr Sohn womöglich. Ich war passionierter Kennenlerner von neuen Leuten. Meine Spezialität waren souveräne Konterdiskurse auf Gesprächseingangsfragen wie *UndwasmachenSiesoberuflich?*

Im kleinen Blumenladen am Anfang der Straße entschied ich mich für was Gelbes. Nichts TrübDunkles. Zwei Minuten später klingelte ich mit einem Strauß Chrysanthemen in der Hand bei Frau Krüger und wartete auf das Summen der automatischen Türöffnungsanlage. Fahrstuhl in den zweiten Stock. Nochmaliges Klingeln. Die Tür öffnete sich, und das Gesicht einer jungen Frau erschien. Wahrscheinlich Cornelia. Ich stellte mich vor, fragte nach dem Geburtstagskind. Ihr Gesichtsausdruck verriet Irritation. Dann entschied sie sich für ein Lächeln, drehte sich in die Wohnung zurück und rief Richtung Couch:

„Es ist der Herr Hollander."

Stille.

„Er will Ihnen gratulieren. Er hat Blumen dabei."

Quietschen.

Meine Frau Krüger kam langsam in den Wohnungsflur. Cornelia – oder wer auch immer sie war - machte die Tür frei, so dass ich der alten Dame etwas entgegen gehen konnte.

Ich begann meine zwei, drei Sätze Glückwünsche aufzusagen, und überreichte ihr die Chrysanthemen. Kein Lächeln ihrerseits. Nicht einmal die Aufforderung zum Tortenverzehr.

„Danke", hörte ich sie murmeln.

Dann griff die junge Frau ein, kündigte an, Wasser für die Blumen zu holen. Frau Krüger und ich standen im Flur. Sie hielt ihren Geburtstagsstrauß, ich machte noch einen Versuch:

„Geht´s Ihnen gut?"

„Gut, ja, danke."

Offensichtlich hatte der Geburtstag sie etwas verwirrt. Mich auch. Ich begann, mich zu verabschieden und hätte beinahe etwas von Zeitproblemen erzählt. Die junge Frau kam mit einer viel zu kleinen grünen Vase und nickte mir aufmunternd zu:

„Schönen Tag noch."

Fort war ich.

Am Freitagabend beim Schlüsselabholen in der Pflegestation erkannte ich meinen Einsatzleiter kaum wieder. Er war immer noch rund, aber der Bart war ab, und er hatte beide Hände frei.

„Da ist jemand Neues dabei."

„Ach."

Er wedelte mit der Liste und zeigte mit der zweiten Hand auf das Häuflein Schlüssel vor ihm auf dem Tisch.

„Frau Wiener. Schlaganfall. Liegt nur in ihrem Zimmer und guckt auf den Fernseher."

„Dazu braucht man keinen Schlaganfall."

Er ignorierte meinen Gesprächsbeitrag und wurde immer sachlicher.

„Küche putzen, Waschmaschine bedienen, saugen. Die Frau wird natürlich gesondert medizinisch betreut."

„Nicht windeln oder so?"

„Nur Hausarbeit."

Ich nahm die Liste, scharrte die Schlüssel zusammen und überflog die Namen.

Keine Frau Krüger.

Ich guckte fragend, brauchte aber nichts zu sagen.

„Ja, die Frau Krüger, was? Die will jemand anderes."

„Warum?"

Vielleicht hatten ihr die Blumen nicht gefallen. Der Geruch. Manche Schnittblumen stinken geradezu.

„Ach, wir kennen ja die Frau Krüger. Sie drängt einem alles auf. Man darf aber nichts annehmen. Jetzt beklagt Sie sich, Sie würden ihr die Haare vom Kopf fressen. Und nach Geschirr hätten Sie auch gefragt."

Er zuckte mit den Achseln.

„Seien Sie halt vorsichtiger."

13

Es schmeckte alles nach Niederlage. Rückzug. Sicher verfügte ich in diesem Metier bereits über ein paar Erfahrungen. Barbara, meine erste Freundin, hatte mich auch verlassen. Ganz zurecht übrigens. Manche Fehlschläge waren unausweichlich. Obwohl ich in dieser Hinsicht über eine ausgeklügelte Strategie verfügte. Todsicher, gewissermaßen: *Zielsetzungen vermeiden, unauffällig bleiben und keinerlei Erwartungsdruck provozieren.* So eine Art Verhaltensdiät für Versager. Jetzt aber musste ich ein paar anzustrebende Veränderungen in Angriff nehmen. Kleine Ziele formulieren. Zum Beispiel: Leben neu ordnen, *alles* anders machen. Dazu gab es eine konkrete Aufgabe, der ich nicht mehr ausweichen konnte: eine neue Wohnung finden, umziehen und damit Christiane entkommen, deren haftschalengebündelter Blick mich ständig auf das Maß eines komplett unerwünschten, schlackeartigen Beziehungsrückstands zusammenschmoren ließ.

Ausziehen.

Fort von dem erinnerungsummauerten Schauplatz des Debakels. Ins Freie. War´s möglich? Freiheit empfinden und nicht nur Verlust? Aufbruchstimmung und nicht nur diese vollkommen lebensverneinende *Liebe*? Schwer vorzustellen.

Ich guckte dennoch in die Wohnungsangebote der Tageszeitung:

Einraumwohnung

Neurenovierter Altbau

gefliestes Bad und EBK

Wohnungsbesichtigung

heute zwischen 14 und 16 Uhr

Und da überkam mich eine Phase wesensfremder Entschlossenheit, die mich erstaunt hätte, wäre ich nicht so entschlossen gewesen. Ein kleiner Zusatz nämlich stach mir ins Auge oder vielmehr ins Zentralnervensystem und setzte Hormone frei.

Finowstraße 10, 5.OG.

Finowstraße kannte ich. Da war ich schon `mal gewesen. Natürlich. In der Finowstraße 13 wohnte Katharina... Ein irrlichterndes Gefühl von Geborgenheit beschlich mich. Von Vertrautheit. Horizont. Perspektive. Begehren statt Liebe. Hormone eben. Jedenfalls lag mir ja die Welt zu Füßen, ich brauchte nur noch aufzutreten. *Du musst in die Offensive kommen*, hatte Hans-Dieter gesagt. *Aktiv werden.*

Die Finowstraße ist eine bezaubernde Seitenstraße mit Bäumen zu beiden Seiten, Kopfsteinpflaster und Altbauten. Da es jetzt Ende April war, zeigten die Bäume – keine Ahnung, was für welche das waren – schon ein zartes Grün, außerdem schien die Sonne. Es konnte ja nur besser werden, aber das hier war vielversprechend.

Ich guckte nach Katharinas Hausnummer. Gegenüberliegende Seite. Hundert Meter Luftlinie bis zur Nummer 10. Innenhof, Seitenflügel, fünfter Stock. Es gab dort oben nur noch eine einzige Wohnungstür, die stand offen, und als ich in den Flur trat, kam mir ein junger Türke entgegen und ging an mir vorbei.

Die Wohnung war winzig. Der Abgesandte vom Maklerbüro war wie Abgesandte von Maklerbüros zu sein pflegen. Der Mietpreis war imposant. Mehr als ich derzeit im Monat so verdiente mit Kot kratzen. Aber schöner Holzboden. Weiß und frisch die Wände, Küchenbereich ohne Zwischentür und im Übergang zwischen Zimmer und Küche gab´s ein reizendes kleines Fenster, das mir besonders gefiel. Ich war gegen alle ökonomische Vernunft entschlossen, die Wohnung zu mieten. Ein Neuanfang auf dem Niveau eines abgezogenen Holzbodens. Die Herausforderung des finanziellen Freitods.

„Prima Wohnung", nickte ich den Maklermenschen an. „Was muss ich tun?"

„In unser Büro im Westteil fahren und eher da sein, als der Bewerber, der ihnen vorhin entgegen gekommen ist."

Ich guckte ihn forschend an, fand aber keine Spur von Ironie in seiner gesamten Erscheinung. So war wahrscheinlich das wirkliche Leben, das mir Christiane empfohlen hatte.

„Sie wissen doch, wer zuerst kommt..."

Jetzt lächelte er zwar, aber immer noch nicht ironisch. Er gab mir ein Antragsformular, das ich ausgefüllt mitbringen sollte. Die Adresse des Büros stand ganz oben.

Ich spurtete los.

Acht Treppen abwärts (zwei je Stockwerk), durch den Innenhof wieder auf die Finowstraße.

Mein angehender neuer Lebensraum! Ich würde herausfinden, was das eigentlich für Bäume waren...

Sollte ich direkt zur U-Bahn? Linie 5 zum Alexanderplatz, dann mit der S-Bahn in den Westen, zum Zoologischen Garten? Dort einen Stadtplan finden und die Duisburger Straße? In solchen Momenten drängt unvermittelt die Notdurft. Ich musste plötzlich pinkeln. Aber der Körper bedarf der

Zucht durch einen überlegenen Geist. Also ging ich unbeirrt von meiner Abwasserblase und ohne Verzögerung ins Rennen gegen mögliche türkische Mitbewerber.

Die Duisburger Straße war vom Zoo aus zu Fuß zu erreichen. Schöne Fassaden. Teure Türen und Briefkästen, goldene Firmenschilder. Blühende Vorgartenbüsche. Als ich die richtige Hausnummer erspäht hatte und auf den kurzen Plattenweg zum rundbogenübersäumten Eingang einbog, sah ich ihn an der Tür stehen, leicht vorgebeugt die Klingelbeschriftungen studierend. Er drückte einen Knopf. Ich fand ihn jünger, als ich es aus der Erinnerung an unsere Begegnung vorher hätte vermuten können. Zwanzig erst, nicht viel älter. Er beachtete mich nicht, drückte die Tür auf und betrat den weiträumigen Hausflur. Kein Problem, auch noch hineinzuschlüpfen. Ich beeilte mich, unseren Abstand zu verringern. Das Maklerbüro war im zweiten Stock (kein Fahrstuhl), und als er an der Bürotür angelangt war, da stand ich so gut wie hinter ihm. Er guckte mich an. Durchaus überrascht. Jemand öffnete.

Eine in einem rötlichen Kostüm steckende, dezent geschminkte Frau schaute uns an, grüßte, lächelte, guckte fragend.

Er sagte seinen Satz. Etwas wie, er käme wegen der Wohnung.

„Ich auch!" warf ich ein und stand jetzt neben dem Türken im Eingangsbereich.

„Finowstraße?" vergewisserte sie sich.

Zwei auf einmal hatte sie nicht erwartet. Offensichtlich war sie die Sekretärin und hatte Anweisung, den ersten Bewerber ins Büro zu leiten.

„Da muss ich `mal nachfragen... Setzen Sie sich doch erst einmal. Haben sie ihre Formulare?"

Sie sammelte die Dinger ein.

„Kleinen Moment bitte."

Sie verschwand. Wir setzten uns auf Plastikstühle, die neben uns aufgereiht waren. Der Türke hatte ein Oberlippenbärtchen. Und er sah harmlos aus. Er drehte sich zu mir, beugte sich vor.

„Sollen wir würfeln?"

Er sprach mit deutlichem Akzent.

„Wie bitte?"

„Sollen wir um die Wohnung würfeln?"

Er zog zwei weiße Würfel heraus. Wahrscheinlich ein Hobby von ihm.

„Um die Wohnung?" fragte ich begriffsstutzig.

„Wir können das doch unter uns klären."

Langsam begann ich die Situation zu begreifen. In meinem Kopf kreuzten sich zwei Gedanken, von denen der eine eindeutig dominant war.

„Nein", antwortete ich möglichst freundlich.

„Warum nicht? Warum nicht würfeln?"

Er hielt mir seine zwei kubischen Strohhalme

mit fast flehentlichem Gesichtsausdruck hin.

- Ich brauche dringend die Wohnung. Zu hause sind wir zu siebt. Ofenheizung.

Mein erster Gedanke blieb ungerührt und zwang den zweiten leicht in die Knie. Schließlich brauchte ich die Wohnung auch dringend. Wahrscheinlich dringender, versuchte ich mich selbst davon zu überzeugen, kein Arschloch zu sein. Ich dachte schnell an Christiane, um mir keinen Zweifel an der Überlebensnotwendigkeit meiner Haltung zu lassen.

„Nein", wiederholte ich argumentativ etwas lahm. Wir kannten beide die Situation und ihren Ausgang. Er gab auf und steckte die Würfel ein.

Als dann die Sekretärin mit einem Mann im Anzug zurückkam, war er bereit, die Niederlage hinzunehmen. Ich war nur gespannt, wie die Begründung ausfallen würde.

Die Frau verschwand wieder.Der Makler räusperte sich.

„Also, da sie beide zugleich hier erschienen sind, muss ich Ihnen, Herr Hollander, die Wohnung zusprechen."

Er nickte mich an mit so etwas wie einem Lächeln. Er hatte auch einen Oberlippenbart.

„Warum?" fragte der Türke.

„Na, Sie hatten doch viel mehr Zeit als Herr Hollander. Sie sind doch früher los..."

Wir guckten ihn an. Brillantes Argument. Ich konnte mir vorstellen, wie er in seinem Büro fieberhaft daran gebastelt hatte.

„Aber wir haben da noch vielleicht eine Wohnung in Kreuzberg frei. Melden Sie sich doch noch einmal bei unserer Sekretärin. Auch anderthalb Zimmer. Allerdings Ofenheizung..."

Der Türke nickte.

Ich stand auf und folgte dem weisen Makler in sein Büro, um dort meinen Mietvertrag zu unterschreiben. Knappe Nachfrage nach meiner Fragezettelantwort im Feld Einkommen. Mobile Altenpflege?

Pflegestation Soundso, ergänzte ich. Der Makler nickte. Nach Stundenzahl oder Monatsverdienst fragte er nicht. Letzterer lag im April bei 380 Mark. Davon konnte ich noch nicht einmal die Kaltmiete zahlen.

Wieder in der Sonne. Fußweg zum Zoo. Natürlich war ich in bester Stimmung. Das außergewöhnliche Gefühl, die Welt bei den Eiern gepackt zu haben. Oder zumindest eigentlich nur zugreifen zu müssen. Wessen Eier es auch immer waren, ich wusste natürlich, dass ich eine begrenzte Phase der Euphorie durchlebte. Aber ich hatte diese Wohnung bekommen. Der Start war nicht verpfuscht. Jetzt noch die Miete zahlen können. Kein Problem.

Kein *unüberwindbares*. Der Himmel war gerade unwirklich blau, sogar hier im Westteil dieser sich selbst wiederkäuenden Stadt.

Beim Umzug half Hans-Dieter. Viel hatte ich nicht. Auszusortieren gab es auch einiges. Die ganzen Bücher, die ich aus der Altpapiertonne im Hof gerettet hatte. Viele DDR-Ausgaben von *Deutschen Klassikern*, Honneckers Biographie mit dem grell-bunten Umschlagfoto, Fachbücher mit Titeln wie *Studien zur materialistischen Dialektik*.

Außerdem war ich entschlossen, mich von meiner Schallplattensammlung zu trennen. 500 Stück schwarzes Vinyl. Zusammengetragen hauptsächlich in den goldenen Jahren des Teenager-Seins. Gesammelte Persönlichkeitsentwicklung. Von den ersten banalen Popplatten bis zu den nicht weniger banalen Fahrstuhlsounds meiner späten Fusion-Phase. Kleine Unterabteilungen klassischer Musik und vereinzelte Perlen wie John Lee Hookers Dusty-Road-Doppelalbum erinnerten daran, dass auch ich das Potential zur Höherentwicklung in mir gefühlt hatte. Stets unangefochten meine komplette Sammlung Beach-Boys-LPs. Das alles, das meiste jedenfalls, musste nun weichen. Symbolisch gewissermaßen. Ein Akt der Selbstreinigung. Fluchtraumbeseitigung. Läuterung durch Trennung von dem, woran man besonders hängt. Oder eine Art Selbstgeißelung. Vor Christianes Augen. Oder ihr zeigen, wie doll ich zu Veränderungen willens und fähig war. Keine Ahnung. Oder doch. Jedenfalls brachte mir die Amputation exakt 1000 DM ein. Was auch ein Argument war.

Christiane fragte noch, ob ich ihr nicht ein paar gern gehörter Platten überlassen würde. Lou Reed etwa. (Oder, bei der Gelegenheit, meinen alten Atari-Rechner, da ich ihr doch erzählt hatte, mir den alten PC von Hans-Dieter schenken zu lassen.)

Ich nickte nebulös.

Der Typ aus dem Second-Hand-Plattenladen, mit dem ich mich vor Tagen schon verabredet hatte, kommt am Nachmittag, sich meine Sammlung anzuschauen. Hippihaftes Getue, Mittvierziger, Bart. Und unbestechliche Fachkompetenz. Alles keine Originalpressungen. Abschätziges Herumwühlen in den Plastikständern. Ich nicke, weil ich es so gewohnt bin. Tatsächlich habe ich zwei, drei Raritäten wie die Charlie Antolini Direktpressung nach hinten ins Stauraumzimmer verschwinden lassen. Er feilscht ein bisschen, aber letztlich will er den Nachschub für seinen Laden haben und hat tatsächlich Tausend in bar dabei. Ich helfe ihm noch, kaum wehmütig – oder ist´s schon Abstumpfung? – alles in seinen Kombi zu laden, der direkt auf dem breiten Gehweg vor´m Haus steht. Kurzer Blick hinterher. Fort. Weg. Lou Reed ist auch dabei.

Christiane begegnete ich die letzten Wochen nur

noch gelegentlich im Wohnungsflur. Oder hörte sie im Bad. Oder in der Küche Ferngespräche führen. Sie war zu einem Gespenst geworden, eine Art böser Geist, der versprach, mich für den Rest meiner Tage heimzusuchen. Schwächelte meine Aufbruchsstimmung? Manchmal war es leer, das Leben. Wenn ich daran dachte, ohne sie auskommen zu müssen. Sterbensleer, so vom Gefühl. Was nützte es, die Eier der Welt gepackt zu haben, wenn diese Welt bedeutungslos war? Stupider Gedanke. Christiane war schließlich nicht der Anfang und das Ende. Auch wenn meine Magenregion mir das ziemlich eindeutig suggerierte, meine Tränendrüsen bereitwillig einzustimmen gewillt waren und selbst mein Verstand sich vornehmlich damit beschäftigte, konzentrisch angelegte Selbstgespräche abzuspulen.

Aber da war auch eine neue Nuance auf meinem Jahrmarkt der Empfindungen. Eine Art heimliche Leichtigkeit. Meine Situation hatte auch einen Vorzug. Nullpunktqualität. Wie heißt es so schön: *man hat nichts mehr zu verlieren.* Auch wenn das genau genommen Blödsinn ist, entspricht es doch dem Blödsinn, der mir damals in Kopf und Eingeweiden klebte. *Nichts mehr zu verlieren* war auch ein klitzekleines Bisschen Freisein. Jawohl: FREIHEIT. Und besser noch: Melancholie und Freiheit. Dieses *Weit-weg-von-zuhause-allein-und-verloren, aber-ich-atme-*

noch... (Ich habe mich manchmal gewundert, wie souverän mein Körper der Versuchung widerstanden hat, meinem ansonsten ja mit Lamentieren und Selbstmitleid beschäftigten Geist mit einer kleinen Krankheitsphase zu begegnen und ihm einfach und vorsichtshalber einmal das Wasser fürs Grübelmühlchen abzugraben). Wenn ich zurückdenke, dann war´s damals vielleicht die beschissenste Zeit meines Lebens. Aber war ich nicht auch *glücklich* gewesen? Irgendwie? Jedenfalls, *nachdem* ich ausgezogen war in die Finowstraße? Zum Beispiel, wenn ich nach einer Runde Altenpflege am Abend am Küchentisch saß, mit einem DÖNER, BIER, einem BUCH und meinem Wörterbuch ENGLISCH KOMPAKT, und niemand störte mich. Oder fragte nach meinen *Plänen*. Nicht einmal das Telefon klingelte. Ich hatte nämlich noch gar keinen Telefonanschluss. Aber leider beantragt. Termin ungewiss, absehbar allerdings. (Was waren das für Zeiten, als in Ost-Berlin Anfang der Neunziger ein Telefonanschluss sich ein paar Jahre hinziehen konnte!) Und: Ich hatte auch kein TV-Gerät. Ich *musste* also am Küchentisch sitzen und *lesen*. Diese Abende sind in der Erinnerung kostbare Nischen, in denen gar nichts passierte, aber alles offen war und Christiane aufgehört hatte, von HOCHZEITVIERKINDERNUNDLANDHAUS zu reden.

Und manchmal passierte doch etwas.

Katharina kam vorbei. Mitten in der Nacht. Ich glaube, es war kurz vor vier Uhr. Und ich hatte gerade Geburtstag gehabt.

Irgendwie war sie durchs Hoftor gekommen. Als es bei mir oben an der Wohnungstür klopfte, dachte ich sofort an Katharina. Ich wusste von ihrer späten Schicht, dem Studentenjob beim UNITED PARCEL SERVICE. Nach Mitternacht noch im Sammelkontainer am PC sitzen und Zahlen in Masken tippen. (Und übrigens, das lustige Leben ist so, Christiane hatte daheim im Ruhrgebiet auch bei UPS gejobbt.)

Katharina trug ein langes schwarzes Kleid. Ihre klobigen Straßenschuhe. Dazwischen äugte ich ihre Wadenhaut, schwarzbestrumpft. Schon war sie durch den Flur im Zimmerchen, das Eingangsphrasenritual glatt überspringend (höchstens ein DA KAM ICH GERADE VON DER ARBEIT UND DACHTE AN DICH...), kein Wort zur zeitlichen Dimension ihres Besuchs. Und plötzlich – vor fünf Minuten lag ich schon kurz vor den ersten REMs im Bett – ist sie DA, sitzt in meinem IKEA-Gestänge-Sesselchen und spricht bereits von Hand-, Fuß- und Gesäßmassagen und Energetik-Wochenend-Seminaren und zitiert lachend etwas von Wilhelm Reich. Ich bin jetzt so ziemlich wach. Und ich erinnere mich an die Flasche Rotwein in der Küche. Sie nickt. Und als ich mit Gläsern und Korkenzieher und der Grünglasflasche wieder aus der Küche komme, klebt Katharina gerade ihren Kaugummi neben sich auf eine der neu abgezogenen Dielen.